novum  pro

Volker Simon Haymann

Benny,
unser
Nasenmops

novum ▲ pro

Dieses Buch ist auch als
e-book
erhältlich.

www.novumverlag.com

Bibliografische Information
der Deutschen Nationalbibliothek:

Die Deutsche Nationalbibliothek
verzeichnet diese Publikation in
der Deutschen Nationalbibliografie.
Detaillierte bibliografische Daten
sind im Internet über
http://www.d-nb.de abrufbar.

© 2020 novum Verlag

ISBN 978-3-99064-973-2
Lektorat: Mag. Elisabeth Pfurtscheller
Umschlagfotos: Chanin Nuisin,
Olga Apostolova | Dreamstime.com;
Tamara Schlaupitz
Umschlaggestaltung, Layout & Satz:
novum Verlag

Gedruckt in der Europäischen Union
auf umweltfreundlichem, chlor- und
säurefrei gebleichtem Papier.

www.novumverlag.com

Inhaltsverzeichnis

1. Wie alles begann

Auf den ersten Blick gesehen begann diese Geschichte recht traurig.

Agathe, eine verwahrloste und verängstigte Chihuahua-Hündin, fand Unterschlupf in unserem Tierheim. Rasch stellte sich heraus, dass Agathe hochträchtig war. Verantwortlich dafür war Konrad, ein veritabler Mops, der gleichzeitig mit Agathe zu uns fand. Da unser Tierheim hoffnungslos überbelegt war, musste improvisiert werden. Agathe konnte aus Platzmangel nicht im Hundegehege untergebracht werden. Sie genoss aus diesem Grund das Privileg, sich in aller Ruhe neben meinem Schreibtisch in einer eigens für sie gezimmerten, sogenannten Wurfkiste auf die Niederkunft vorbereiten zu können. Der Kindsvater Konrad hatte bereits ein neues Frauchen gefunden und konnte Agathe bei der Vorbereitung auf die Ankunft des gemeinsamen Nachwuchses leider nicht mehr unterstützen.

Ob Agathe gespannt darauf war, was die Zusammenarbeit mit Konrad letzlich zum Vorschein bringen würde, ist mir natürlich nicht bekannt. Ich jedenfalls machte mir so meine Gedanken, hatte aber nur eine diffuse Vorstellung von dem, was Agathe und Konrad gemeinsam produziert haben könnten.

An einem trüben, kalten Montag im November war es dann so weit. Agathe hatte in der Nacht zuvor geworfen.

Vier drollige kleine Wesen, die auf den ersten Blick an kleine Meerschweinchen erinnerten, lagen eng an Agathe geschmiegt in der Wurfkiste. Beim genaueren Betrachten der eigenartigen Geschöpfe wurde rasch klar: Der Mops Konrad hatte eindeutig seine Handschrift hinterlassen. Zumindest war dies mein erster Eindruck. Das dünne Fell der kleinen Halbmöpse zeigte bereits den hellbeigen Farbton von Konrads Fell. Es waren auch keine Schnauzen erkennbar, was ja leider bei Möpsen üblich ist. Warum man manche Mopsrassen mit solchen extremen Stupsnasen züchtet, die eine natürliche Atmung verhindern, entzieht sich meinem Vorstellungsvermögen.

Zum Ausgleich für diese Qualzucht fände ich es durchaus als angemessen, wenn man im Gegenzug diesen Mopszüchtern die Nasenlöcher zunähen würde. Auf diese Weise könnten sie dann hautnah das prickelnde Gefühl erleben, bei jedem Schritt nach Luft schnappen zu müssen. In den Niederlanden übrigens gilt ein generelles Zuchtverbot für Stupsnasen, gleich welcher Rasse. Darüber könnte man hierzulande auch einmal nachdenken. Es gibt auch Ansätze in diese Richtung. Seit einigen Jahren züchtet man bereits den sogenannten Retromops, mit ausgeprägter Nase.

Die Proportionen der kleinen Körper im Vergleich zu den filigranen Gliedmaßen erinnerten ebenfalls an Möpse. Auch die winzigen eingerollten Ruten, landläufig als Ringelschwänzchen bezeichnet, deuteten auf Konrad hin. Aber, wie bereits erwähnt, dies war mein erster Eindruck und man durfte noch keine endgültigen Schlüsse ziehen, sondern musste geduldig abwarten, wie Mutter Natur die Entwicklung dieser Winzlinge geplant hatte. Wie sich bereits wenig später herausstellte, wurde bei dem Wurf auch schon der Quotenregelung Rechnung getragen. Je zwei weibliche und zwei männliche Welpen hatten das Licht der Welt, beziehungsweise das Licht meiner Schreibtischlampe erblickt.

Die Wurfkiste neben meinem Schreibtisch maß etwa zwei mal zwei Meter. Sie hatte einen Gitterrahmen von circa sechzig Zentimetern Höhe und war mit alten Bettlaken ausgelegt, die man bei Bedarf schnell auswechseln konnte. Diese Wurfkiste war nun für die nächsten Wochen das Reich für Agathe und ihre vier Welpen, die auch rasch mit Namen geschmückt wurden: Liesel, Hilde, Konrad II und Benny waren nun bemüht, neben Mutter Agathe die Wurfkiste mit Leben zu füllen. Jedes der vier Babys hatte bereits ein winziges persönliches Merkmal, das dazu beitrug, den Namensträger zu identifizieren.

Dieses „mit Leben füllen" war in den ersten Tagen allerdings überschaubar. Die Totenstille in der Wurfkiste wurde hin und wieder von einem zarten, kaum vernehmbaren Schmatzen eines Mitglieds der winzigen Viererbande unterbrochen. Ansonsten bewiesen Agathe und ihre vier Schützlinge eindrucksvoll, dass man einen Tag nur mit Fressen und Schlafen ausfüllen kann.

Agathe wurde regelmäßig behutsam aus der Kiste gehoben. Sie durfte sich dann auf der Wiese hinter unserem Tierheim die Beine vertreten und sich um ihre Geschäfte kümmern. Diese Zeit der Abwesenheit von ihrer Mutter sorgte bei den winzigen Kistenbewohnern für eine gewisse Unruhe. Agathe ihrerseits erledigte das, was es zu erledigen galt, in der gebotenen Eile und stand dann sehr rasch wieder der Kistenbelegschaft zur Nahrungs- und Wärmespende Verfügung.

In der ersten Woche mutierte die Wurf- zur Schlafkiste. Ich beobachtete, wie die winzigen, noch blinden „Chi-Möpse" täglich an Gewicht zunahmen und die Konturen ihrer Körper schärfer wurden. Die Gewichtszunahme wurde von unseren Tierpflegerinnen, die sich liebevoll um die Neuankömmlinge kümmerten, sorgfältig protokolliert. Gott sei Dank hatte Agathe genügend Milch, um die vier Mini-Schlafmützen ausreichend mit Kraftnahrung zu versorgen.

In dem Maße, wie die kleinen Rabauken an Gewicht zunahmen, nahmen auch ihre Aktivitäten zu. So entwickelte sich nach und nach aus der Schlaf- eine Spielkiste. Die ursprüngliche Stille der Schlafkiste wurde von einer Mixtur verschiedener Quiekser abgelöst, die man eher von Ferkeln kennt.

Ich stellte fest, dass die Geschehnisse in der Spielkiste ein gewisses Ablaufschema hatten. Zuerst wurde geschlafen. In diesem Punkt war sich die gesamte Belegschaft der Kiste, also Agathe und ihre vier Sprösslinge, einig. Nach dem Aufwachen erfolgte dann die Gruppenverpflegung, also das Säugen. Danach fühlten sich die Welpen, die nun mittlerweile auch ihre Sehkraft erlangt hatten, stark und dann ging es los.

Man erkundete die Kiste und forschte nach, was es denn so unter den Bettlaken noch zu entdecken gab. Besonders spannend wurde es, wenn einer der Forscher unter dem Tuch verschwand und ein anderer dann prüfen musste, warum sich das Betttuch bewegte. Bereits jetzt wurde spielerisch versucht, seine Kräfte mit den Geschwistern zu messen. Und um den vielerorts anzutreffenden

Vorurteilen noch weitere Nahrung zu geben, muss ich einräumen, dass gerade zwischen den beiden Männlein (Konrad II und Benny) dieses Kräftemessen häufiger zu beobachten war.

Die Rasselbande war dermaßen mit sich selbst beschäftigt, dass noch kein Bedarf an Spielsachen bestand. Nach der Forschungsarbeit unter dem Bettlaken und nach verschiedenen Ringkämpfen und „Fang-mich-doch-Spielen" fiel schlagartig, wie aus dem Nichts, die Müdigkeit in die Kiste. Als habe ein Zauberer einen magischen Bann über die Kiste gelegt, erstarrte die Zwergenbande in ihren Bewegungen und fiel urplötzlich in einen Tiefschlaf.

Gerne gebe ich zu, dass ich mich von dem Treiben in der Wurfkiste häufig von meiner Arbeit am Schreibtisch ablenken und folglich auch abhalten ließ. Es machte einfach riesig Spaß der kindlichen Unbekümmertheit der kleinen Weltentdecker zuzuschauen und zu erleben, welche Blüten der Welpen-Spieltrieb treiben kann. Diese willkommene Ablenkung, verbunden mit der Unterbrechung meiner Arbeit, genoss ich, ohne auch nur ansatzweise ein schlechtes Gewissen zu verspüren. Angesichts dieser auf den ersten Blick doch nicht eben professionell erscheinenden Arbeitsmoral, sollten Sie dennoch nicht die falschen Schlüsse zu meiner Person und Einstellung zum Thema Arbeit ziehen. Die Tätigkeit im Tierheim, das von unserem örtlichen Tierschutzverein unterhalten wird, verrichtete ich ehrenamtlich und demnach unentgeltlich. Die Arbeitszeit konnte ich mir nach meinen Wünschen einteilen.

Wenn also aufgrund des Spektakels in der Kiste wieder einmal die Arbeit zu kurz kam, musste diese zu einem passenden späteren Zeitpunkt nachgeholt werden. Ich darf Ihnen versichern: Was zu tun war, wurde auch getan!

Obwohl die erstaunlichen, kurzweiligen und teilweise sogar artistischen Varieté-Darbietungen, die mir das Chi-Mops-Ensemble täglich bot, immer eine Arbeitsunterbrechung rechtfertigten, musste ich gelegentlich aus völlig anderen Gründen meine Tätigkeit in dem zur Kinderstube verwandelten Arbeitszimmer unterbrechen. Dies war während der Phase, als die Halbmöpse ihre Nahrung von Muttermilch auf Dosenfutter umstellten.

Von Haus aus ist der Mops für seine rege Darmtätigkeit und die damit einhergehenden Geruchsemissionen berüchtigt und gefürchtet. Wenn allerdings vier kleine Stinker gleichzeitig während der Futterumstellung ihre Umgebung mit ihren Ausdünstungen auf die Probe stellen, lernt man eindrucksvoll den Wert einer unbelasteten Frischluftzufuhr schätzen. Leider konnte ich diese Frischluft nur auf der Terrasse bei winterlichen Temperaturen genießen. Zudem musste auch der Raum nach einem Flatulenzen-Alarm ordentlich durchlüftet werden und kühlte entsprechend aus.

Dies wiederum hatte zur Folge, dass das eintrat, was sich jeder Arbeitgeber sehnlichst von seinen Mitarbeitern wünscht: Ich musste mich warm arbeiten! Glücklicherweise aber waren die von der Futterumstellung verursachten Gasattacken innerhalb weniger Tage überstanden.

Die Wochen vergingen, und die Welpen entwickelten sich prächtig. Der Tierarzt befand, dass sie alle kerngesund waren. Mittlerweile konnte man sie auch als Hunde bezeichnen. Ob Weiblein oder Männlein – alle waren gleich groß und zeigten bis auf wenige Nuancen das gleiche Erscheinungsbild. Und dies tendierte im Wesentlichen in Richtung Mops. Konrad hatte sich verewigt. Das dichte, glatte Fell unserer Mini-Halbmöpse hatte einen hellen, beigen Farbton, der je nach Lichteinfall von einem zarten goldenen Schimmer umspielt wurde. Die gedrungenen Körper mit ihrem breiten, weißlich schimmernden Brustkorb, geraden Rücken und gerollter Rute waren mops-typisch. Die Ruten hatten die gleiche Farbe wie das Fell. Abgesehen von Benny: Sein Ringelschwänzchen hatte eine dunkelbraune, fast schwarze Spitze.

Für die Schnauzen dieser Geschöpfe zeichnete jedoch Agathe verantwortlich. Und das war auch gut so! Die in den ersten Wochen nach der Geburt noch vorhandenen platten Mops-Stupsnasen hatten sich zu meiner großen Freude zu schönen ausgeprägten Schnauzen, im Fachjargon als Fang bezeichnet, entwickelt.

Mit diesen dunklen, glänzenden Nasen war eine unbeschwerte, natürliche Atmung, von denen die armen Möpse aus Qualzuchten nur träumen können, gewährleistet. Die Schnauzen und die Bereiche um die Augen waren dunkelbraun, ebenso wie die großen kreisrunden Mopsaugen.

Auf der breiten Stirn deuteten Falten darauf hin, dass ein Mops seine Hände, oder was sonst noch immer, im Spiel gehabt hatte. Die Falten waren nur leicht erhaben. Sie sorgten jedoch dafür, dass je nach Kopfhaltung ein äußerst sorgenvoller Gesichtsausdruck entstehen konnte.

Ein reinrassiger Mops besticht durch seine kleinen, seitlich und nach hinten gefalteten Ohren. Dieses Rassemerkmal erfüllten unsere Chi-Möpse nicht. Auch hier hatten sich Agathes Gene durchgesetzt. Die braunen Ohren standen aufrecht, so wie man es von einem Chihuahua kennt. Die Ohrmuscheln waren in einem etwas helleren Braun gehalten. Abgesehen jene von Liesel, deren rechtes Ohr auf der Außenseite einen fast schwarzen Rand aufwies.

Die Beine und Pfoten entsprachen farblich dem Fell. Nur nicht bei Hilde: Deren linke Vorderpfote war bräunlich gefärbt. Und um die Abweichungen zu komplettieren, hatte Konrad II einen bräunlichen Punkt im Nacken, der einen fast herzförmigen Umriss hatte.

Mutter Natur hatte also in ihrer klugen Weitsicht dafür gesorgt, dass man unabhängig von ihren Geschlechts- merkmalen, die vier Chi-Möpse Liesel, Hilde, Konrad II und Benny mühelos voneinander unterscheiden konnte.

2. Bennys Umzug

Neben der Betreuung von Agathe und den vier Neuankömmlingen musste unser Tierheimpersonal sich natürlich auch um die übrigen Heimbewohner kümmern. Wie bereits erwähnt, war die Hütte voll. Grund dafür war eine behördlich angeordnete Beschlagnahmung. Ein Mitbürger, der unter Porzellanmangel litt, man könnte auch sagen, dass er nicht alle Tassen im Schrank hatte, hielt in seinem Wohnhaus siebzig Hunde, ja Sie lesen richtig: siebzig Hunde! Es versteht sich von selbst, dass man in einem solchen Fall nicht von einer artgerechten Tierhaltung ausgehen konnte. Also wurde das Haus auf Beschluss des Veterinäramtes geräumt, und die leidgeplagten Tiere verteilte man auf die umliegenden Tierheime. Unserem Tierheim wurden fünfzehn Hunde, darunter auch Agathe und Konrad, in Obhut gegeben. Nach der tierärztlichen Untersuchung und Versorgung mussten nun unsere Tierpflegerinnen die geschundenen, verwahrlosten und verstörten Tiere wieder aufpeppen. Am besten und schnellsten gelang dies bei Konrad. Dieser Bursche war eine ganz coole Socke. Ein reinrassiger Mops, der vermutlich alle noch so unsinnigen Zuchtkriterien erfüllte und in sich selbst ruhte. Der Zwangsaufenthalt in dem Horrorheim war offenkundig spurlos an ihm vorübergegangen, sodass wir den Kindsvater bereits nach kurzer Zeit an eine wohlhabende ältere Dame vermitteln konnten.

Diese residiert im Nachbarort in einer feudalen Jugendstilvilla. Dort genießt nun unser guter Konrad den parkähnlichen Garten und freut sich, sehr zur Freude seiner neuen Dienerin, seines Lebens.

Bei den übrigen Hunden, die aus der von diesem Geistesgestörten angeordneten Gefangenschaft befreit worden waren, war die Vermittlung schon wesentlich problematischer. Das lag einerseits an dem Gesundheitszustand der Tiere, der eine längere tierärztliche Versorgung erforderte, und andererseits auch an der psychischen Verfassung mancher Hunde. Wir beobachteten Verhaltensstörungen der verschiedensten Ausprägungen.

Bevor diese Tiere einer Vermittlung zugeführt werden konnten, mussten zuerst unsere Hundetrainer und -therapeuten mit ihnen arbeiten.

Von Verhaltensstörungen konnte bei Benny und Co. keine Rede sein. Im Gegenteil: Die Viererbande wuchs unter Anleitung ihrer leiblichen Mutter artgerecht und wohlbehütet auf. Manchmal, wenn es in der Spielkiste zu wild herging, wäre vielleicht einmal eine Zurechtweisung seitens des Vaters vonnöten gewesen. Konrad aber konnte diese Aufgabe leider nicht mehr wahrnehmen, da er ja seine Dienerin in der Jugendstilvilla beschäftigen musste.

Unaufhaltsam nahte dann aber die Zeit, in der man sich mit dem Thema „Vermittlung von Benny und Co." befassen musste. Im Gegensatz zur Vermittlung von älteren oder kranken Hunden ist die Weitergabe junger, kleiner und gesunder Hunde keine Aufgabe, die jemanden an den Rand seiner Fähigkeiten bringen würde. Gleichwohl sind im Rahmen der Vermittlung von Hunden und natürlich auch von Katzen eine ganze Reihe wichtiger Kriterien zu beachten und zu erfüllen. Hierbei stehen im Vordergrund der Beurteilung stets das Tier und dessen Bedürfnisse.

In einem ersten Schritt unterhält man sich mit dem Interessenten, um sich ein Bild von der Person, deren Umfeld und deren Beweggrund für die Anschaffung eines Tieres, in dem Fall also eines Hundes, zu machen. Manche Gespräche enden dann schon sehr rasch. Wenn jemand alleinstehend und berufstätig ist, sollte er im Grunde auch bereits ohne unsere Belehrung auf die Idee kommen, dass ein Hund keine große Lust verspürt, den ganzen Tag allein und eingesperrt in einer Wohnung verbringen zu müssen. Manchem Zeitgenossen mangelt es tatsächlich an dem viel zitierten gesunden Menschenverstand.

Ein Hund bringt viel Freude ins Haus. Zudem entsteht aber auch eine Vielzahl von Verpflichtungen, die mit der Anschaffung eines Hundes einhergehen. Das beginnt mit den Kosten für Futter und Tierarzt, geht weiter über Hundesteuer und Versicherung und ist mit den Kosten für Hundezubehör noch nicht zu Ende. Der Hund bestimmt letztlich, wo Sie wohnen (nach Möglichkeit im Grünen), welches Auto Sie fahren (ein Kombi erscheint angebrachter als ein Sportwagen) und wohin Sie in Urlaub fahren (von Flügen ist abzuraten).

Selbstverständlich nimmt die Fellnase auch wesentlichen Einfluss auf das Zeitmanagement des neuen Halters. Dies versuchen wir im Rahmen unserer Beratungsgespräche, den Interessenten, sofern sie bisher noch keine Hundehalter waren, deutlich zu machen. Wenn diese grundlegenden Aspekte eingehend besprochen sind, prüfen wir, ob das Tier, das der zukünftige Hundehalter haben möchte, auch zu ihm passt. Es macht keinen Sinn, einer alten gehbehinderten Dame ein Energiebündel, wie beispielsweise einen jungen Husky, zu vermitteln. Dies wäre für beide Parteien eine Qual. Bevor ein Hund in die Vermittlung geht, haben unsere Mitarbeiterinnen bereits sehr sorgfältig geprüft, ob das Tier kindertauglich ist und sich mit Katzen verträgt. Sollte dies nicht der Fall sein, ist der Abnehmerkreis bereits aus diesem Grund eingeschränkt.

Wir versuchen auch, herauszufinden, wie viel Zeit das neue Herrchen oder Frauchen dem Hund täglich widmen kann. Denn es versteht sich von selbst, dass ein Hund, der in einen Haushalt kommt, erwarten darf, dass man sich mit ihm beschäftigt. Es wäre ratsam, ein oder zwei Wochen Urlaub einzuplanen, um den Neuankömmling innerhalb der Eingewöhnungszeit zu unterstützen, Hilfestellung zu geben und Hund und Halter die Möglichkeit zu bieten, sich gegenseitig zu beschnuppern und kennenzulernen.

Nachdem die grundlegenden Punkte abgearbeitet sind und für die zukünftigen Frauchen oder Herrchen eine passende Begleitung gefunden wurde, erfolgt unsererseits eine Vorkontrolle. Das bedeutet, dass wir vor Ort bei dem zukünftigen Hundehalter prüfen, ob die Örtlichkeiten und das Umfeld für die Haltung eines Hundes geeignet sind.

Ist auch dieser Punkt geklärt, geben wir den beiden die Gelegenheit, sich im Rahmen von Gassigängen zu beschnuppern und aneinander zu gewöhnen. Sodann erfolgt noch ein Probetag und gegebenenfalls eine Probenacht in der neuen Umgebung. Wenn dies alles reibungslos vonstattenging, kann dann der Umzug vom Tierheim in das neue Zuhause erfolgen.

Mittlerweile war mir die Rasselbande, die neben meinem Schreibtisch ihre Kapriolen vollführte, doch schon sehr ans Herz gewachsen und mit der Vorstellung, dass die Kids in absehbarer Zeit aus meinem Blickfeld verschwinden sollten, konnte ich mich nicht so recht anfreunden. Als nun das Auswahlverfahren begann und die stattliche Reihe von Interessenten für die vier Halbstarken durchforstet wurde, näherte ich mich mehr und mehr dem Gedanken, mindestens einen der putzigen Nachkommen von Agathe und Konrad zu übernehmen.

In unserem Haushalt residierte natürlich bereits ein Hund. Wir waren die Diener von Luise, einer alten, eigenwilligen und zudem sehr dominanten Shih-Tzu-Dame. Ihre dominante Persönlichkeit demonstriert sie vorzugsweise beim Pieseln. Luise hockt sich nicht, wie es sich für eine feine Hundedame gehört, hin, sondern sie hebt das Bein, wie man es von Rüden kennt. Auch Luise fand den Weg zu uns über das Tierheim.

Meine Frau und ich meinten, dass die jugendliche Unbekümmertheit eines zweiten Hundes der im Laufe der Zeit träge gewordenen Luise, wohltun würde. Wir hatten schon häufiger die Erfahrung gemacht, dass ein alter Hund in eine zweite Jugend rutscht, wenn er mit einem jungen Kollegen zusammenlebt. Also beschlossen wir, das Einverständnis der Tierheimleitung vorausgesetzt, dass einer der Chi-Möpse bei uns einziehen sollte, um Luise aus ihrer Seniorenlethargie zu befreien.

Da die alte Hundedame aus ihrer Sicht der Dinge das Zentrum des Universums verkörpert, um das sich selbstverständlich alles zu drehen hat, war uns schon bewusst, dass hier mit einer Riesenportion Einfühlungsvermögen und Behutsamkeit vorgegangen werden musste. Um einer möglichen Stutenbissigkeit von vorneherein entgegenzuwirken, hielten wir es für angebracht, einen Rüden als Partner für unsere Luise auszuwählen. Es zeichnete sich bereits ab, dass für Konrad II wohl ein tolles Frauchen gefunden worden war. Aus diesem Grund entschieden wir uns für Benny. Vonseiten der Tierheimleitung gab es keine Einwände; also sollte Benny zukünftig unser Leben, aber insbesondere das Leben von Luise bereichern.

Neben unserer Shih-Tzu-Seniorin gab es da aber auch noch unser Flöckchen. Flöckchen ist eine schon in die Jahre gekommene Perserkatze. Ihr genaues Alter wird wohl ihr Geheimnis bleiben. Auch Flöckchen stammt aus dem Tierheim. Sie wurde völlig verwahrlost und krank aufgefunden. Ihr Aussehen erinnerte damals eher an einen verfilzten Wischmopp, denn an eine edle Rassekatze.

Aber, wir haben uns ihrer angenommen und nach etlichen Tierarztbesuchen, einer grundlegenden Zahnsanierung und vielen Friseurterminen wurde aus dem verwahrlosten Findling das, was sie heute ist: eine bildschöne, ganz liebe und anhängliche Schmusekatze. Ursprünglich dachten wir, Flöckchen sei grau. Nach Durchführung einer ganzen Palette an Pflegemaßnahmen entpuppte sich zu unserer Überraschung, dass Flöckchen ein polarweißes Fell hat. Flöckchen und Luise verstehen sich, was unter älteren Damen nicht immer der Fall sein muss, prächtig. Die beiden sind unzertrennlich. Entgegen vielen Vorurteilen, kommen Hunde und Katzen häufig blendend miteinander aus. Aus meiner Erfahrung kann ich sagen, dass die Eingewöhnung zwischen Hunden und Katzen, von wenigen Ausnahmen abgesehen, hervorragend funktioniert.

Ob das auch mit Benny so ablaufen würde, blieb abzuwarten.

Als Benny dann acht Wochen alt war, war es so weit. Der Probetag stand an. Nach dem Mittagessen lud ich Flöckchens Katzentransportbox in den Laderaum meines Kombis und fuhr zum Tierheim. Mit der Box in der Hand ging ich zur Wurfkiste, hob Benny sorgsam in die Transportbox und verstaute diese im Auto. Mein kleiner Proband wehrte sich nicht und verhielt sich zu meinem Erstaunen ganz ruhig. Es war nun die erste Fahrstunde für den Zwerg.

Gemeinsam kutschierten wir nach Hause. Auffällig war, dass der Bengel, obwohl er erstmals das Tierheim verlassen und zuvor auch noch nie ein Auto von innen gesehen hatte, keinen Laut von sich gab. Ich wertete dies schon mal als ein gutes Zeichen. Während der kurzen Fahrt kurvten durch meine Gedankengänge unzählige Fragezeichen. Wie würde dieser Winzling von den beiden alten Damen empfangen werden?

Tue ich diesen tierischen Seniorinnen wirklich einen Gefallen? Ist die im Allgemeinen herzensgute Luise auch tolerant im Umgang mit einem ungestümen Wirbelwind? Verträgt Flöckchen einen Zweithund? Zu Hause angekommen, öffnete ich mit der Box in der Hand die Haustür. Im Flur saßen Luise und Flöckchen und schauten erwartungsvoll zur Tür. Das überraschte mich allerdings nicht. Wenn meine Frau oder ich das Haus verlassen, ist es üblich, dass das Duo dann bis zur Rückkehr die Wache hält, um uns dann, je nach Gemütslage, mehr oder wenig freundlich zu begrüßen. Aber irgendetwas war nun anders. Die Box! Die Nasen von Luise und Flöckchen hatten es sofort erfasst. In der Box war etwas, das man sich genauer anschauen sollte. Ich stellte die Box auf den Boden, öffnete deren Klappe und war voller Neugier auf das, was nun geschehen würde.

Benny hatte sein erst kurzes Leben bisher im Tierheim verbracht. Hunde und Katzen waren für ihn deshalb keine Exoten oder Wesen von einem anderen Planeten, sondern der Alltag. Hin und wieder hatte er in den letzten Tagen gemeinsam mit Agathe und seinen Geschwistern kurze Ausflüge auf der Tierheimwiese unternommen und dabei auch den Hunden im Gehege und den Katzen zuschauen können.

Ohne jegliche Spur von Scheu oder Angst zu zeigen, verließ er gemächlich und gleichzeitig vorsichtig die Box und steuerte auf unsere beiden Prinzessinnen zu, die aufrecht und in gespannter Haltung nebeneinander hockten. Jetzt stieg die Spannung. Wie ginge es weiter?

Nichts Spektakuläres geschah. Ganz vorsichtig beschnupperte Benny zuerst von allen Seiten unser Flöckchen. Von besonderem Interesse für ihn war deren Hinterteil. Die Perserdame ließ ihn gewähren. Luise ergriff ihrerseits die Gelegenheit, während dieser Aktion mit ihrer Nase das Hinterteil von Benny zu untersuchen. Die gegenseitigen Inspektionen wurden von allen Beteiligten sehr gewissenhaft, zeitaufwendig und mit der gebotenen Sorgfalt vollzogen. Offenbar gab es keine Beanstandungen.

Bei einer TÜV-Untersuchung wäre jetzt der Zeitpunkt gekommen, eine neue Plakette auf das Nummernschild zu kleben. In unserem Fall wurden keine Plaketten vergeben. Benny machte sich nach Abschluss der eingehenden Untersuchungen auf den Weg, die für ihn völlig fremde Umgebung zu erkunden.

Das Begleitkomitee, bestehend aus Luise und Flöckchen, ließ ihn dabei nicht aus den Augen. Da ich mit Benny das Thema „Stubenreinheit" mangels passender Gelegenheit noch nicht hatte behandeln können, setzte ich ihn gelegentlich auf die Wiese, die an unsere Terrasse angrenzt. Angesichts der eisigen Kälte, die draußen herrschte, und eingedenk der Schnee- und Eisreste, die die Wiese bedeckten, musste man sich nicht wundern, dass Benny wenig Verständnis für diese Aktionen aufbringen konnte. Aber trotz alledem hockte er sich einmal kurz hin und erledigte das, was sonst wahrscheinlich auf dem Teppich gelandet wäre.

Für diese Heldentat wurde er meinerseits mit Lob überschüttet. Die Feuerprobe war also bestanden. Unsere Prinzessinnen hatten den Neuankömmling zumindest einmal geduldet. Möglicherweise dachten sie ja, der Kleine sei nur zu Besuch.

Wie auch immer, ich packte Benny nach ein paar Stunden in die Box und lieferte ihn wieder bei Agathe und seinen Geschwisterchen ab. Die Freude in der Kiste war auf allen Seiten riesengroß.

In unserem Tierheim standen die Zeichen auf Abschied. Wenn von unserem Tierheim die Rede ist, so meine ich das Tierheim in Andernach am Rhein. Andernach, eine kleine lebenswerte und liebenswürdige alte Stadt, liegt zwischen Bonn und Koblenz. Sie gilt neben Trier als eine der ältesten Städte Deutschlands. Dies spürt man bei jedem Schritt durch die historische Altstadt. Eine Vielzahl von beeindruckenden Baudenkmälern, überwiegend aus dem Mittelalter, zieht die stetig wachsende Anzahl von Besuchern in ihren Bann. Als „Essbare Stadt" hat Andernach europaweites Aufsehen erlangt. Statt der in den meisten Städten üblichen Grün- und Parkanlagen, bummeln Touristen und Einwohner durch Gemüse- und Obstgärten. Was reif ist, darf gepflückt und verzehrt werden – selbstverständlich unentgeltlich.

In Andernach springt der weltweit höchste Kaltwasser-Geysir aus der Erde und lockt Besucher aus aller Welt in unsere Stadt. Vor den Toren der Stadt beginnt die wunderschöne Vulkaneifel. Auf der gegenüberliegenden Rheinseite ragen Weinberge mit extremen Steillagen in den Himmel.

Der kulinarisch interessierte Besucher kann sich durch mehrere Sterneküchen schlemmen. Kurz und gut: Andernach bietet jedem etwas. So auch herren- und heimatlosen Tieren, die in unserem professionell und mit viel Herzblut geführten, schönen Tierheim gerne aufgenommen und liebevoll versorgt werden.

Wie gesagt, es hieß dann einige Tage später für die gesamte Familie voneinander Abschied zu nehmen. Die Familienauflösung wurde innerhalb eines einzigen Tages vollzogen. Hilde wurde von einem Ehepaar mit zwei Kleinkindern abgeholt. Wegen der Kinder war die Frau tagsüber überwiegend zu Hause und konnte sich neben ihrem Nachwuchs auch intensiv um Hilde kümmern. Es stand ein großer, eingezäunter Garten zur Verfügung, sodass Hilde auch den nötigen Auslauf hatte. Zudem hatte der Ehemann für die erste Woche mit Hilde Urlaub genommen, um sich intensiv um sie kümmern zu können. Erstes Lernziel sollte sein, dem Mädchen klarzumachen, dass seine Hinterlassenschaften auf einer Wiese besser aufgehoben sind als auf dem Flokatiteppich vor dem Fernseher.

Nun war Konrad II an der Reihe. Seine Wahl traf auf eine vorzeitig pensionierte, alleinstehende Lehrerin aus einem Nachbarort. Die Dame erfüllte alle die von ihm gestellten Kriterien. Beim ersten Kennenlernen wich Konrad II nicht von ihrer Seite. Es war die berühmte Liebe auf den ersten Mopsblick.

Glücklicherweise hatte sich ein kinderloses Ehepaar zu unserer und ihrer eigenen Freude bereit erklärt, Liesel und Agathe im Doppelpack zu übernehmen. Nachdem wir die notwendigen Beratungsgespräche mit der dann folgenden Vorkontrolle zu unserer Zufriedenheit abgeschlossen hatten, bestand für uns kein Zweifel, die idealen Besitzer für das Duo gefunden zu haben. Diese schlossen überglücklich Mutter und Tochter in die Arme beziehungsweise in die Transportbox, sodass nur noch Benny übrig blieb.

Mit der halben Portion Hund machte ich mich dann also auf den Weg in sein neues Reich.

3. Die ersten Tage zu Hause

Das Begrüßungskomitee hatte seine Formation bereits eingenommen und schaute wieder einmal gespannt auf die Box. Der Geruch der Box war den beiden neugierigen Damen ohnehin bekannt. Schließlich war es ja Flöckchens Reisebox. Das Prozedere glich der gegenseitigen Untersuchungsaktion beim ersten Zusammentreffen des nun neu gebildeten Trios. Nachdem wieder die interessantesten Körperteile eingehend beschnuppert waren, setzte sich die Prozession in Richtung Wohnzimmer in Bewegung. In fast jedem Raum unseres Bungalows liegt ein Schlafkissen. Luise und Flöckchen nutzen diese je nach Bedarf alleine oder auch gemeinsam, um sich von den Strapazen des Alltags ausgiebig zu erholen. Manchmal hat man den Eindruck, man befände sich in einem Testlabor, in dem herausgefunden werden soll, wer von den beiden den längsten und tiefsten Schlaf hat. Diese Kissen waren geruchstechnisch für Benny hochinteressant und wurden demzufolge ausführlich untersucht.

Nachdem fast alle Räume unseres Hauses von Benny und seinen beiden Begleitdamen abgeschritten waren, war der Begrüßungscocktail, oder besser gesagt die Fütterung, angesagt.

Neben Schlafen, ist das Fressen die Lieblingsbeschäftigung von Luise. Für Flöckchen steht das Futter immer auf einer Anrichte in der Küche. Sehr zum Verdruss von

Luise ist der Katzenfutternapf für sie unerreichbar. Den Wassernapf, der immer neben dem Esstisch steht, nutzen beide Hausdamen gleichermaßen.

Nun war Vorsicht angesagt. Luise war die Chefin. Sie hatte natürlich den Anspruch und das Recht, als Erste ihre Ration zu erhalten. Diese Rangfolge gilt übrigens noch heute.

Um ihr das Gefühl zu vermitteln, dass der Halbmops nicht in unser Haus geholt wurde, um ihr das Futter streitig zu machen, erhielt sie von meiner Frau ihre Ration, während ich Benny auf den Armen hielt. Sie fraß in aller Ruhe ihren Napf leer. Dann erhielt der Neuankömmling, natürlich in seinem eigenen Napf, sein spezielles Welpenfutter, über das er sofort herfiel. Gleichzeitig bekam Luise nochmals, um Eifersüchteleien im Ansatz zu unterbinden, eine weitere kleine Portion. Die Fressnäpfe waren selbstverständlich in ausreichendem Abstand voneinander platziert, um Konfliktsituationen von vorneherein zu vermeiden. Nachdem Luise und Benny ihre Näpfe geleert hatten, tauschten sie ihre Positionen und begutachteten jeweils den Napf des anderen.

Flöckchen schaute der Veranstaltung von der Anrichte herab mit der gebotenen Aufmerksamkeit zu und vergaß darüber selbst die Nahrungsaufnahme.

Nach der Fütterung gilt für Welpen und insbesondere für ihre Besitzer Alarmstufe Rot. Der erfahrene Hundehalter weiß, dass nun in der Regel innerhalb der nächsten zehn bis zwanzig Minuten etwas geschieht, was dem Herrchen blitzartige Reaktionen abverlangt. Es gilt un-

bedingt darauf zu achten, dass der Welpe nach dem Ab-
füttern unter ganz besonderer Beobachtung stehen muss.
Sollte dies, aus welchem Grund auch immer, unterblei-
ben, kann die Sache im wahrsten Sinne des Wortes in die
Hose gehen beziehungsweise auf dem Teppich landen und
sollte dann keinesfalls unter einen solchen gekehrt werden. Also ließ ich Benny in den nächsten Minuten nicht
mehr aus den Augen. Schon nach kurzer Zeit wurde der
kleine Kerl unruhig. Er setzte zu langsamen Bewegungen an, als wolle er sich im Kreis drehen.

Das ist das Signal! Benny aufnehmen, rasch zur Terrassentür sprinten, diese schnellstens öffnen und raus auf die
Wiese! Geschafft! Sofort ging unser Welpe in die allseits
bekannte Hocke und löste sich von dem, was ihm auf
dem Herzen beziehungsweise in diesem Fall im Darm lag.

Er nutzte diese Gelegenheit zu meiner Freude auch noch
zum Pieseln. Welch ein Erfolgserlebnis! Übrigens für
beide Seiten. Selbstverständlich wurde Benny für diese Heldentat überschwänglich gelobt. Nun konnten wir
uns wieder ins kuschelig warme Wohnzimmer begeben
wo wir natürlich von den beiden Seniorinnen empfangen wurden. Man nahm die Gelegenheit kurz zum Anlass, kleinere gegenseitige Inspektionen durchzuführen.

Urplötzlich schlug der Zauberbann der Müdigkeit bei Benny ein. Ich saß auf dem Sofa und er rollte sich an meinen
Füßen zu einem beigen Knäuel zusammen und verfiel sofort in einen Tiefschlaf. Während ich regungslos auf dem
Sofa verharrte, um die Traumwelten des kleinen Strolches nicht zu stören, absolvierte meine Frau die übliche
Abendrunde mit Luise. Als beide zurückkehrten, schlief

unser Neuankömmling noch immer. Die Anwesenheit von Benny führte bei Luise jedoch zu einer gewissen Unruhe. In ihrem Innersten hatte sie vermutlich gedacht oder sogar gehofft, dass der kleine Störenfried, wie auch ein paar Tage zuvor, wieder verschwinden würde. Aber nein, er war noch da. Das veränderte nun die Situation.

Die ursprünglich an den Tag gelegte Gleichgültigkeit wich nun einer gewissen Skepsis gegenüber dem winzigen Eindringling. Sobald Benny, der zwischenzeitlich seinen Tiefschlaf beendet hatte, sich der alten Hundedame näherte, war ein ganz leichtes Knurren zu vernehmen.

Dies wiederum nahm der Kleine dann zum Anlass, vorerst von weiteren Untersuchungen an Luise Abstand zu nehmen. Es versteht sich von selbst, dass ich Benny nach dessen Aufwachen zuerst dorthin brachte, wo er bereits eine erfolgreiche Sitzung vollzogen hatte. Leider ohne Erfolg.

Der Tag, an dem Benny, wie Udo Lindenberg es so treffend formulierte, in unser Leben knallte, neigte sich dem Ende zu. Luise hatte und hat noch immer ihren Schlafplatz neben dem Bett meiner Frau. Dort liegt ein dickes, weiches Kissen. Auf diesem lässt die alte Dame sich, ähnlich wie die Prinzessin auf der Erbse aus Grimms Märchen, nieder, um sich dann in die Welten der Träume hineinzuschnarchen. Für unseren Chi-Mops hatte ich eine große Kunststoffkiste besorgt. Diese maß etwa sechzig mal vierzig Zentimeter und hatte eine Höhe von zirka vierzig Zentimetern. Ich hatte sie mit kleinen weichen Kissen ausgefüttert. Diese Kiste stand neben dem Kopfende meines Bettes. Sie sollte in den nächsten Wochen die Schlafstätte für unseren nicht ganz so reinrassigen Mops sein.

Nun wurde es Zeit, zu Bett zu gehen. Allerdings nicht für Benny und mich. Meine Frau verabschiedete sich gemeinsam mit Luise und beide verschwanden im Schlafzimmer. Flöckchen hatte keinen festen Schlafplatz. Sie verfügte über unzählige Optionen für den Ort, an dem sie ihren Schönheitsschlaf vollziehen konnte. An diesem Abend wählte sie, wohl aus Neugier, das Sofa, um den weiteren Verlauf des Abends beobachten zu können. Ich wollte möglichst lange wach bleiben, in der Hoffnung, dass unser Halbmops nach dem letzten Geschäftsgang dann durchschlafen könnte.

Benny beschäftigte sich eine Weile mit dem Katzenspielzeug, das Flöckchen im Wohnzimmer verteilt hatte, und wanderte dann auch sehr rasch ins Reich der Träume. Ein ungewöhnlich harter Tag lag hinter ihm: die Verabschiedung von seiner Familie, die neue Umgebung sowie fremde Menschen und Tiere. Das alles musste dieser Zwerg verarbeiten. Gegen ein Uhr in der Nacht packte ich mich dann in meine wärmste Winterkleidung und setzte Benny auf die Wiese.

Der Knirps tat mir fürchterlich leid. Wir erlebten einen der härtesten Winter der letzten Jahre und das Thermometer purzelte auf zweistellige Minusgrade. Und dieses schlaftrunkene, zierliche, winzige Wesen hockte nun zitternd auf der Wiese und musste sich solche eigenartige Laute wie „Benny Pipi" oder „Benny Häufi" anhören.

Es entzieht sich meiner Kenntnis, ob Benny den Sinn meiner Anweisungen verstanden hatte. Er tat aber zu meiner großen Freude und Erleichterung das, was ich von ihm erwartete. Solche Aktionen wurden selbstverständlich in der angemessenen Form mit Lob bedacht. In diesem Zusammenhang fielen dann solche tiefsinnigen Bemerkungen wie „fein Benny, ganz, ganz fein" oder „minge joote Jung".

„Minge joote Jung" – für alle Leser, die sprachlich nicht im Rheinland angesiedelt sind –, ins Hochdeutsche übersetzt bedeutet dies: „mein guter Junge".

Dann ging es für uns beide ab in die Heia. Ich legte das Hündchen in seine Schlafkiste und mich ins Bett. Der kleine Kerl war offenbar so müde, dass ich nichts mehr von ihm hörte.

Morgens gegen fünf Uhr wurde ich wach. Ich tastete nach dem Bengel, von dem kein Laut zu vernehmen war, und bemerkte, dass er an meinen Fingern schnupperte. Ich entstieg dem warmen Bett, verpackte mich in einen dicken Daunenmantel und ging, mit Benny auf den Armen, hinaus in die schneidende Kälte auf diese gottverdammte, eisige Wiese. Der winzige Bursche pullerte sofort.

Welpen und Winter; beides beginnt mit W. Damit enden aber auch schon die Gemeinsamkeiten. Welpen und Winter passen im Grunde nicht zusammen. Um einem neu angekommenen Vierbeiner das Thema „Stubenreinheit" erfolgreich näherzubringen, eignen sich laue Sommernächte mit Sicherheit besser als sibirische Winternächte.

Aber es war wie es war und wir mussten beide mit der Situation irgendwie klarkommen.

Nach dem kurzen Boxenstopp ging es wieder zurück ins Schlafzimmer. Jeder dort, wo er hingehört. Benny winselte anfänglich ganz dünn. Ich ließ meinen Arm in die Kiste baumeln und kraulte den Wichtel. Dies führte schnell zum gewünschten Ergebnis, nämlich Ruhe.

Als ich am Morgen aufwachte, schlief Benny noch. Ich ging rasch auf leisen Sohlen ins Bad. Von dort zurückgekommen, stand der Knirps bereits wartend in der Kiste. Verlassen konnte er sie nicht, da sie zu hoch für geplante Ausreißversuche war. Schnell zog ich mich an, inspizierte die Kiste nach etwaigen Hinterlassenschaften, Gott sei Dank ohne Befund, nahm Benny unter den Arm und tat das, was ich in den nächsten Tagen noch häufig verfluchen sollte: bei frostigen Temperaturen schnellen Schrittes auf die Wiese hasten und auf ein zügiges und erfolgreiches Verrichten hoffen.

Meistens tat Benny mir und auch sich selbst den Gefallen. Dann ging es ab zum Frühstück. In der Küche bewachten bereits Luise und Flöckchen meine Frau beim Frühstücken. Beide waren schon abgefüttert. Benny lief ungestüm auf Flöckchen zu und wollte sie begrüßen. Das war der alten Katzenlady aber dann doch zu aufdringlich. Blitzschnell richtete sie sich auf und verpasste unserem Neuankömmling eine Rechts-Links-Kombination. Ihre Pfoten schlugen rechts und links auf Bennys Wangen ein. Unverzüglich suchte der Verprügelte Schutz zwischen meinen Beinen. Mit dieser Aktion hatte die alte Perserdame dem jungen Heißsporn eindrucksvoll demonstriert, wer die Chefin im Ring ist. Die Machtverhältnisse zwischen den beiden waren nun geklärt. Dies hat Benny bis heute akzeptiert.

Man muss Flöckchen zugutehalten, dass sie ihre Krallen nicht ausgefahren hatte. Dies tut sie grundsätzlich nicht.

Von den Katzen, die in den letzten Jahrzehnten bei uns residierten, ist Flöckchen bisher die Einzige, die uns bis heute noch keinen noch so winzigen Kratzer verpasst hat.

Die Krallen benutzt sie ausschließlich zum Aufhübschen des Sofas, der Stuhlpolster oder unserer Teppiche. Auch Gardinen werden keinesfalls vernachlässigt. Unsere Einrichtungsgegenstände wurden auf diese Weise zu unverwechselbaren Unikaten aufgewertet.

Luise war Zuschauerin des Schauspieles. Den Inhalt des Dramas kannte sie bereits aus eigener Erfahrung. Auch ihr gegenüber hatte Flöckchen damals bei der ersten Begegnung der beiden die Rahmenbedingungen für die weitere Zusammenarbeit ausführlich erläutert. Die ausgeprägte Dominanz von Luise stieß bei Flöckchen an ihre Grenzen.

Benny hatte sich jedoch rasch von Flöckchens Zurechtweisung erholt und widmete sich seiner Frühstücksration. Danach folgte das bereits Geschilderte: Warten auf das, was kommen musste und dann schließlich mit einem kurzen Gefrierschock auf der Wiese landete. Im Erfolgsfall wurden dann wieder die üblichen Lobeshymnen „minge joote Jung" und „fein Benny, ganz, ganz fein" gesungen.

Im Laufe des Tages unternahm unser Mini-Halbmops verschiedene Versuche, mit Luise in Kontakt zu treten. Diese Annäherungsversuche wurden jedoch sofort wieder eingestellt, da leise Knurrtöne von der Lady zu vernehmen waren. Dies nahm er dann regelmäßig zum Anlass, bei mir Schutz zu suchen. Aufgrund unserer „Zusammenarbeit" im Tierheim war ich ihm nicht fremd. Er roch und sah mich vom ersten Tag seines Lebens an.

Dies hatte er verinnerlicht. In den ersten Wochen nach seiner Ankunft bei uns, ließ er mich nicht aus den Augen. Egal, was ich tat, und egal, wo ich etwas tat, Benny war mit von der Partie. Er verfolgte mich auf Schritt und Tritt. Ich musste höllisch aufpassen, die halbe Portion Hund nicht zu übersehen, um für ihn schmerzhafte Fehltritte zu vermeiden.

Mit meiner Frau hatte ich vereinbart, dass während der Eingewöhnungsphase immer jemand unser Haus beziehungsweise unseren Kleinzoo hütet. Da wir beide nicht mehr berufstätig sind, ließ sich dies ohne große Mühen bewerkstelligen. Angesichts der draußen herrschenden Kühltruhen-Temperaturen, waren die Möglichkeiten zur Freizeitgestaltung ohnehin stark eingeschränkt.

Mein Tagesrhythmus war in der Folgezeit immer ähnlich:

• Benny füttern
• Benny beobachten
• Sprint auf die Wiese
• Lobeshymne
• Spielen mit Benny
• Benny schläft
• Benny füttern
• Benny beobachten
• Sprint auf die Wiese
• Lobeshymne
• Spielen mit Benny
• Benny schläft

Das Spielen mit Benny vollzog sich in den ersten Tagen in einfachen Strukturen. Ähnlich wie bei Kleinkindern, denen es genügt, wenn man ihnen einen alten Kochtopf hinstellt und ihnen dazu einen Holzlöffel in die Hand drückt, genügen bei Welpen ebenfalls die einfachsten Dinge.

Der Klassiker unter den Hundespielzeugen, egal ob für Welpen oder für bereits ausgewachsene Tiere, ist der Ball. Für Benny hatte ich einen kleinen, gut hüpfenden gelben Ball besorgt, den er in seinen winzigen Fang nehmen konnte. Weiterhin gehörten zur Erstausstattung ein kleines Plüschtier und ein Seilknochen. Ich achtete bereits vom ersten Tag an darauf, dass Bennys Spielsachen benannt wurden.

Das kleine Plüschtier wurde „Lupo" getauft. Der Ball bekam den Namen „Flummi". Der Seilknochen war für Benny fortan der „Knussel". An den Begriffen „Knussel" und „minge joote Jung" mögen Sie erkennen, dass Benny schon recht frühzeitig an die rheinische Einfärbung unserer Sprache herangeführt wurde.

Ein Ball lädt Hunde zum Toben ein. Mit dem Flummi konnte Benny sich sehr schön selbst beschäftigen. Wenn er hinter dieser kleinen gelben Kugel her hetzte, erregte er gelegentlich die Aufmerksamkeit von Flöckchen.

Auch wenn die alte Perserlady bereits in die Jahre gekommen war, kam der Spieltrieb doch immer wieder einmal, wenn auch nur für kurze Zeit, zum Vorschein. Sie saß erhöht auf dem Sofa oder einem Stuhl, sprang dann blitzschnell zu dem rollenden Flummi, um dann ebenso rasch die Kehrtwende zu machen. Insofern ergaben sich aufgrund dieser Spielereien immer wieder Berührungspunkte zwischen Benny und Flöckchen. Dies konnte nur im Sinne einer allmählich beginnenden Annäherung sein. Der Flummi fungierte quasi als Friedensstifter zwischen dem kleinen Burschen, der einmal ein Hund werden wollte, und unserem Kätzchen.

Spielen ist Luise völlig fremd. Eine Shih-Tzu-Dame tut so etwas nicht. Sie beobachtete Bennys Treiben in einer Mischung aus Unverständnis und Verwunderung. Mit Sicherheit verschwendete sie keinen einzigen Gedanken daran, in den Ablauf des Geschehens, in welcher Form auch immer, einzugreifen. Wenn Benny beim Jagen nach dem Ball versehentlich in die unmittelbare Nähe von Luise geriet, konnte man ein leichtes Knurren vernehmen. Ihr Knurren hatte allerdings keine aggressive Ausprägung. Ich deutete es mehr als einen Ausdruck von Unmut über diesen Wicht, der sich noch immer in ihrem Revier herumtrieb.

Neben dem Flummi gab es ja noch den Knussel. Diesen benutzte Benny gleichermaßen als Kauknochen und als Spielzeug. Während er seine Beißkraft an diesem Knussel trainierte, reichte ein leichtes Ziehen meinerseits an dem Knussel, um erbitterte Machtkämpfe auszulösen. Der kleine Halbstarke machte seine Besitzansprüche durch unnachgiebiges Zerren und Ziehen eindrucksvoll geltend. Um meinem winzigen Spielpartner ein Erfolgserlebnis zu gönnen und ihm den Eindruck zu vermitteln, er sei stark, ließ ich das Teil dann irgendwann einmal los und der Sieger marschierte voller Stolz mit seiner Beute davon. In dieser frühen Phase wurde bereits erkennbar, dass Benny sich sehr schön selbst beschäftigen konnte. Diese Eigenschaft hat sich immer weiter ausgeprägt und er hat sie bis heute beibehalten.

Bereits nach wenigen Tagen versuchte er, selbst die Initiative zu ergreifen, kam mit dem Flummi im Fang zu mir und legte den kleinen gelben Ball vor meine Füße. Ihm war also danach, die Spielwiese zu eröffnen. In solchen Fällen blieb ich allerdings stur. Dies geschah nicht, weil ich nicht selbst auch gerne mit unserem Chi-Mops gespielt hätte. Ich wollte dem Knirps jedoch damit demonstrieren, dass ich der Chef bin und demzufolge auch bestimme, wann es losgeht. Selbstverständlich wurde wenig später dann die nächste Spielrunde von mir eingeläutet, die Benny auch schwanzwedelnd annahm. Ihm war dann aber schon bewusst, dass der Alte bestimmt hatte, wann es losging.

4. Stubenreinheit

Während der ersten Wochen nach Bennys Ankunft absolvierte meine Frau, wie auch in den Zeiten davor, die üblichen Gassigänge mit Luise. An diesen Gassigängen durfte Benny noch nicht teilnehmen. Dies hatte verschiedene Gründe. Ein Grund war natürlich die herrschende Eiseskälte. Zudem stand noch eine Schutzimpfung bevor. Ohne diesen Impfschutz sollte ein Welpe ohnehin nicht das Haus verlassen. Also mussten Bennys Geschäfte immer auf unserer, an die Terrasse angrenzende Wiese erledigt werden. Dies erforderte von mir natürlich ein hohes Maß an Aufmerksamkeit und ein gewisses Gespür für die jeweilige Situation. Besonders heikel waren die Zeiten vor dem Zubettgehen und nach dem Aufstehen. In die Heia ging es regelmäßig erst nach Mitternacht. Dann musste ich zu „mingem joote Jung" und auch zu mir hart bleiben. Trotz der Polartemperaturen ließ ich nachts den Kleinen so lange auf der Wiese bibbern, bis er das so sehnlich von mir Gewünschte erledigt hatte. Dann noch kurz die üblichen Streicheleinheiten und Lobhudeleien und ab in die Kiste beziehungsweise unter die Decke.

Ich hatte meine innere Uhr auf fünf gestellt, was auch vorzüglich funktionierte. Der Daunenmantel lag immer griffbereit. Also: ab in den Mantel, Benny aus der Kiste, los auf die Wiese und kurz warten.

Das Pieseln wurde rasch erledigt und größere Geschäfte waren in der Regel zu dieser Zeit nicht zu erwarten.

Falls doch, wurden sie rasch abgewickelt. Dann ging es wieder zurück. Beide Herren durften dann wieder ihrem wohlverdienten Schlaf frönen.

Tagsüber musste ich aus Gründen der Stubenreinheit immer ein Auge auf den Chi-Mops werfen. Besser auch zwei. So gelang es uns beiden tatsächlich, die erste Woche unfallfrei über die Runden zu bringen. Ich wertete dies als einen Riesenerfolg, da ich das von Bennys Vorgängern ganz anders in Erinnerung hatte. In vielen Hunderatgebern liest man, dass ein Hund nach etwa drei Monaten aus dem Gröbsten heraus ist. Dies ist allerdings nur eine ganz grobe Faustregel. Zuweilen spielt auch die Rasse eine Rolle und auch die Größe des Vierbeiners kann gelegentlich von Bedeutung sein.

Unser Kleiner war ja erst zehn Wochen alt und befand sich somit noch innerhalb der Schonfrist, die er bis dahin mit Bravour gemeistert hatte. Aber dann geschah das Malheur doch. Ich saß am Schreibtisch und Benny hockte seitlich daneben. Ich konnte nur sein Köpfchen sehen. Das Hinterteil wurde vom Schreibtisch verdeckt. Ich schaute aus meinen Augenwinkeln zu ihm hinunter und registrierte einen etwas veränderten Gesichtsausdruck. Benny schaute auch nicht, was er sonst immer zu tun pflegte, mit seinen kreisrunden Mopsaugen zu mir hinauf, sondern starren Blickes an mir vorbei auf die gegenüberliegende Wand.

Bevor ich mir noch Gedanken darüber machen konnte, was hier anders war als sonst, schlug mir bereits eine Duftwolke entgegen. Die Geruchssensoren meiner Nase gaben die Nachricht unmittelbar an mein Hirn weiter. Dieses vollzog einen Abgleich mit den in meinem tiefsten Unterbewusstsein gespeicherten Daten. Der Datenabgleich ergab, dass es sich um den gleichen Gestank handelte, der während der Futterumstellung aus der Wurfkiste strömte. Es war also passiert! Der erste Fehltritt oder eher Fehlwurf! Obwohl er das Geschäft bereits hinter sich gebracht hatte, packte ich den kleinen Stinker wortlos und brachte ihn hinaus auf die Wiese.

Mit dieser Aktion wollte ich ihm vermitteln, dass er den falschen Tatort ausgewählt hatte. Selbstverständlich gab ich ihm auch zu verstehen, dass er in diesem Augenblick nicht „minge joote Jung" war. Da alle Fußböden unseres Bungalows mit Fließen ausgelegt sind, war die Beseitigung der Spuren des zuvor geschilderten Unfalls kein Zauberwerk. Mein persönlicher Ehrgeiz, die Stubenreinheit so früh wie möglich als gelungen abzuhaken, wurde durch diesen Ausrutscher jedoch nicht beeinträchtigt, sondern eher beflügelt. Ich widmete diesem kleinen Halunken noch mehr Aufmerksamkeit. Zudem verkürzte ich die Intervalle zwischen den jeweiligen Geschäftsbesorgungsgängen.

Wenn der kleine Freigeist sich in der Nähe der Terrassentür aufhielt, öffnete ich diese vorsorglich und äußerte dann mein Anliegen mit den Aufforderungen „Benny Pipi" und „Benny Häufi". Und tatsächlich: Nach unzähligen erfolglosen Versuchen nahm er eines Tages mein Angebot an, marschierte auf unsere Wiese und brachte es hinter sich. Welch ein Jubel! Ich nahm ihn mit den jetzt durchaus angebrachten Lobgesängen „fein Benny, ganz ganz fein" und „minge joote Jung" auf den Arm und drückte ihn fest an mich. Er genoss dies offenkundig, als ob er wüsste, dass er Großartiges geleistet hatte. Welch ein Tag! Übrigens: Unser Halbmops genießt es auch heute noch, wenn er in den Armen gehalten und gedrückt wird. In diesem Punkt steht er Flöckchen in nichts nach.

Auf den ersten Blick waren die frühen Tage mit unserem Zweithund gemütliche Faulenzertage. Wenn man aber genau hinschaute, verursachten sie doch einen gewissen Stress. Ich konnte kein Buch in Ruhe lesen, kein Fußballspiel mit der nötigen Konzentration verfolgen und keine Arbeiten am PC mit der angebrachten Sorgfalt erledigen.

Stets musste ich auf der Hut sein und beobachten, was unser kleiner Mitbewohner denn so im Schilde führte. Dabei kam mir allerdings die Tatsache entgegen, dass Benny mehr oder weniger an meinen Füßen klebte.

Die nächsten Tage verliefen unfallfrei. Einmal ging unser Halbmops zur Terrassentür und lief unruhig vor ihr auf und ab. Gott sei Dank hatte ich dies bemerkt. Nach dem Öffnen der Tür schoss Benny im Eiltempo zur Wiese und erledigte, was zu erledigen war. Wieder ein besonderer Tag! Benny hatte sich zum ersten Mal gemeldet.

Sicher werden Sie nicht überrascht sein, dass diese Heldentat mit den hinlänglich bekannten Belobigungen, die Benny auch mit Wohlwollen annahm, honoriert wurde. Es lief wirklich, mit Ausnahme des geschilderten Ausrutschers, bis dahin hervorragend.

Tage später allerdings geschah es dann doch wieder. Dieses Mal traf den Knirps allerdings keine Schuld. Benny lag, wie immer, wenn ich am Schreibtisch sitze, neben mir auf dem Boden, schlief und genoss die Vorzüge unserer

Fußbodenheizung. Offenbar war ich dermaßen in meine Arbeit vertieft, dass ich nicht bemerkte, als er aufwachte und von dannen marschierte. Plötzlich fiel mir auf: Mein Schützling ist weg. Natürlich ließ ich unverzüglich alles stehen und liegen und rannte hinüber zum Wohnzimmer. Dort saß Benny vor der Terrassentür. Neben ihm erkannte ich das übelriechende Ergebnis meiner Unaufmerksamkeit. Offenkundig wollte unser Halbmops-Baby hinaus auf die Wiese und wurde meiner Unachtsamkeit wegen von der verschlossenen Terrassentür daran gehindert. Ich hob Benny wortlos hoch und brachte ihn hinaus.

Während er auf der Wiese schnüffelnd umherlief, beseitigte ich das, wie sich später herausstellen sollte, letzte Hausgeschäft unseres kleinen Sonnenscheins. Die Herstellung unserer Hausmacherprodukte wurde gewissermaßen eingestellt. Benny hatte die erste Hürde seiner Erziehung, Stubenreinheit genannt, wie ich finde, hervorragend genommen.

5. Vorbereitung für Gassigänge

Unser stubenreiner, nicht ganz so großer Mitbewohner war mittlerweile drei Monate alt. Die eisigsten Tage dieses ungewöhnlich harten Winters lagen zu meiner, aber wohl auch zu Bennys Erleichterung hinter uns. Dessen persönlicher Kosmos bestand seit dem Auszug aus dem Tierheim nur aus unserem Haus und der Wiese. Es wurde nun Zeit, dass er auch seine Außenwelt kennenlernt und erfährt, dass noch eine Parallelwelt existiert, in der andere Tiere leben, Menschen laufen, die ihn bisher noch nicht besucht hatten, und diese seltsamen, stinkenden und lauten Blechkisten rasen. Eine solche Blechkiste hatte er einmal flüchtig im Zusammenhang mit seiner Umsiedlung kennengelernt.

Um sich in der Außenwelt zu bewegen, waren selbstredend ein Brustgeschirr sowie eine Leine erforderlich. Also hob ich Benny ins Auto und wir fuhren gemeinsam zu einem örtlichen Fachgeschäft für Heimtierbedarf. Nach eingehender Beratung seitens einer gleichermaßen kompetenten wie auch freundlichen Fachverkäuferin entschieden wir uns für ein Nylon-Brustgeschirr mit Polsterungen an der Brust und auf dem Rücken. Das Geschirr war vielfach verstellbar und passte wie angegossen. Es war überwiegend in Beige, also Bennys Fellfarbe, gehalten und hatte braune Riemchen. Dazu passend gab es dann selbstverständlich noch die Hundeleine.

Unser Chi-Mops verhielt sich während der Anprobe zu meinem Erstaunen sehr geduldig. Er behielt die Neuanschaffung sofort an. Sie stand ihm gut und er vollzog auch keine unnatürlichen Abwehrbewegungen. Nun gingen wir an den Regalen mit den verschiedensten Auslagen und Angeboten entlang und besorgten uns Leckerlis.

Da der Wicht nicht unser erster Welpe war und ich auch im Tierheim bereits Erfahrungen sammeln konnte, wusste ich, worauf ich zu achten hatte. Die Wahl fiel auf winzige Würfel aus getrocknetem Geflügelfleisch.

Auf dem Weg zur Kasse fiel mir ein Lernspielzeug für Hunde auf. Es war eine Holzscheibe mit einem Durchmesser von etwa dreißig Zentimetern. In der Scheibe waren sieben Vertiefungen. Über diesen Vertiefungen waren Holzhütchen gestülpt. Man konnte in den Vertiefungen unter den Hütchen Hundenaschzeug verstecken. Der Hund erhielt anschließend die Aufgabe, die Leckerlis zu suchen. Ich war mir sicher, dass dies eine Beschäftigung sein könnte, die Benny Spaß bereiten würde. Also nahmen wir das Ding mit, bezahlten unsere diversen Einkäufe und fuhren wieder nach Hause.

Bevor es nun mit dem ersten Ausflug ernst wurde, galt es zunächst einmal, die Tierärztin aufzusuchen, denn zuvor stand noch die notwendige Schutzimpfung an.

Dabei sollte Luise als Begleitdame fungieren. Wie das bei alten Damen häufig der Fall ist, konnte sie ein breites Spektrum von Arztbesuchen mit den einschlägigen Erfahrungen vorweisen. Davon konnte Benny nur profitieren. Luise und Benny hatten sich mittlerweile so weit angenähert, dass man sie gefahrlos gemeinsam in den Laderaum des Kombis setzen durfte. Bevor wir dies taten, gaben wir den beiden noch die Gelegenheit, etwa noch anstehende Geschäfte zu erledigen. Dann ging es los. Luise war eine erfahrene Autofahrerin und gab daher keinen Laut von sich. Diese Ruhe übertrug sich erkennbar auch auf ihren Juniorpartner. Bei der Tierärztin angekommen, hoben wir die beiden aus dem Fahrzeug.

Wegen der Höhe der Ladekante, die in keinem guten Verhältnis zu den Abmessungen unserer Hunde und insbesondere deren kurzen Beine stand, sollte das Herausspringen unbedingt vermieden werden.

Auf Benny prasselten Tausende neue Gerüche ein. Luise war in dieser Richtung bereits erfahren und wusste, welche Düfte sie vor einer Tierarztpraxis erwarten. Gleichwohl hielt sie es hin und wieder für angebracht, das Bein zu heben und entsprechende eigene Duftmarken zu setzen. Dies wiederum nahm der Halbstarke zum Anlass, in die Hocke zu gehen und die soeben von Luise gesetzte Duftmarke zu ergänzen oder gar noch zu überdecken.

Das Wartezimmer war leer. Ich hielt Benny auf meinem Schoß und gab ihm die Gelegenheit, sich in aller Ruhe umzuschauen und seine Umgebung zu beschnuppern. Dann gingen wir, Luise stolzen Schrittes voran, in das Behandlungszimmer. Nachdem die Personalien erledigt waren, wurde der neue Patient auf den Behandlungstisch gesetzt und von der Tierärztin eingehend untersucht. Die kleine Fellnase befand sich nun in einer fremden Umgebung und wurde von einem fremden Menschen abgetastet. Zu unserer Verwunderung ließ er dies und auch den

Einstich mit der Spritze ohne die Bestechung mit Leckerlis über sich ergehen. Die Tierärztin gab ihm das Prädikat „Prachtkerlchen" und wir ihr das Honorar. Alsdann ging es wieder zurück nach Hause. Den Rat der Tierärztin, den ersten Gassigang erst zwei Tage nach der Impfung in Angriff zu nehmen, befolgte ich selbstverständlich.

Das gab mir die Gelegenheit, Benny mit seinem neuen Spielzeug, ich nenne es einmal „Hütchenspiel", vertraut zu machen. Zunächst verstaute ich unter jedem Hütchen ein Leckerli. Die Hütchen rasteten in der Vertiefung ein und saßen relativ fest. Nur ein Stupsen mit der winzig kleinen Hundenase würde nicht ausreichen, um ein Hütchen umzuwerfen und an die Belohnung zu gelangen. Es musste schon mit dem Pfötchen nachgeholfen werden.

Dann stellte ich das Brett auf den Boden. Ich musste Benny nicht rufen, da er ohnehin immer „bei Fuß" war. Menschenskind war das aufregend! Er beschnüffelte das Brett und die Hütchen von allen Seiten. Sein Schwänzchen wedelte wie ein Fähnchen im Sturm.

Er, beziehungsweise sein Riechorgan, hatte sofort erkannt, dass unter den Hütchen etwas Verführerisches stecken musste. Sein Näschen schubste ein Hütchen, es wackelte ein wenig, aber es fiel nicht um. Ein weiterer Versuch: wieder ein Wackeln, aber kein Umfallen.

Nun gesellte sich Luise zu dem hoch motivierten Hütchenspieler. Sie hatte offenbar bemerkt, dass etwas Aufregendes im Gange sein musste. Wenn sie auch nicht unbedingt Bennys Nähe suchte, so weit waren wir zu diesem Zeitpunkt noch nicht, trieb die weibliche Neugier sie dennoch zu uns. Sie griff aber nicht ins Spiel ein, sondern beobachtete mit hellwachen Augen das Geschehen. Benny merkte sehr rasch, dass sein Näschen nicht das geeignete Werkzeug war, um die Belohnungen aus der Gefangenschaft unter den Hütchen zu befreien. Und unversehens kamen seine Vorderpfötchen mit ins Spiel. Peng! Das erste Hütchen fiel um. Toll, her mit dem Naschzeug! Dann das zweite Hütchen, das dritte und so weiter. Sehr schnell lagen alle Hütchen im Zimmer verstreut, und die Leckerlis waren aus ihrem Gefängnis befreit und nahmen ihren Weg in den Magen ihres Befreiers.

Ich wiederholte die geschilderte Aktion. Benny war wieder mit Feuereifer bei der Sache und wusste sofort, was zu tun war. Die Art und Weise, wie der Zwerg an die Aufgabe heranging und welche Freude ihm dies bereitete, gaben mir endgültig den Hinweis, dass Benny ein Hund ist, der gefordert werden möchte und sollte.

Luises Nase war noch nicht senil. Dass Leckerlis im Spiel waren, hatte sie selbstverständlich realisiert. Sie unternahm aber keinen Versuch, etwas zu erhaschen. Luise und das Spielen! Hier prallten zwei Welten aufeinander, die nichts miteinander gemein hatten. Trotzdem wollte ich ausprobieren, ob und wie die alte Dame mit dem Hütchenspiel umgehen würde. Um das ungestört machen zu können, musste ich zuerst Benny ruhigstellen, denn er würde sonst unweigerlich ins Spiel eingreifen. Also nahm meine Frau den Kleinen solange auf den Arm.

Nun machte ich es für Luise ganz einfach. Ich hielt ihr ein Leckerli vor die Nase. Dann legte ich dieses in eine Vertiefung des Brettes und stülpte ein Hütchen darüber.

Luise schaute mich an. Ende. Keine weitere Reaktion. Also nochmals. Ich nahm ein Leckerli, hielt es vor ihre Nase und legte es im Zeitlupentempo in die Vertiefung und setzte nach einer Weile das Hütchen darüber. Luise sah mich an. Sie konnte einfach nicht die erforderliche Verknüpfung herstellen. Obwohl sie ihre Hausaufgaben nicht erledigt hatte, gab ich ihr einige der winzigen Belohnungen und sie watschelte zufrieden von dannen.

Mit Benny übte ich dieses Spiel dann in den weiteren Wochen bis zur Perfektion. Er konnte zielgenau riechen, unter welchem Hütchen ein Leckerli versteckt war. Dieses Hütchen stieß er um, die übrigen, nicht bestückten Hütchen blieben stehen.

6. Die ersten Ausflüge

Zwei Tage nach dem Tierarztbesuch war es dann so weit. Der erste offizielle Gassigang konnte ins Auge gefasst werden. Wir fuhren mit dem Kombi zu einem nahe gelegenen Wanderparkplatz. Ich wollte, dass es bei Bennys ersten Auswärtsschritten möglichst wenig gab, das ihn ablenken könnte. Der Parkplatz war leer. Beim Öffnen der Heckklappe des Fahrzeuges musste ich darauf achten, dass der kleine Weltentdecker nicht ungestüm aus dem Auto sprang. Meine Sorge war unbegründet. Der Ausflügler blieb im Laderaum sitzen. Ihm war die Sache irgendwie nicht ganz geheuer. Ich setzte ihn auf die Erde, steckte einige Leckerlis in meine Hosentasche und dann marschierten wir los.

Die Außentemperaturen verlangten kein wärmendes Mäntelchen für meinen Ausflügler. Zudem sollte unser erster Gang auch nur von kurzer Dauer sein. Es war, wenn Sie so wollen, der Stapellauf. Wir liefen gemeinsam über einen schönen, weichen Waldweg. Für meinen Begleiter gab es ungeheuer viel zu riechen, denn er war mit Sicherheit nicht der erste Hund, der hier auf Entdeckungsreise ging. Sobald er an der Leine zog, blieb ich stehen und wartete auf den Blickkontakt. Dann folgte ein kurzes „fein Benny, ganz ganz fein" und wir wechselten die Laufrichtung. So entwickelte sich die erste Trainingseinheit in Richtung Leinenführigkeit.

Unser Chi-Mops sollte bereits bei seinen ersten Schritten an der Leine lernen, dass das Ziehen für ihn keinen Vorteil bringt. Benny fand die fremde Umgebung total aufregend. Er blieb immer wieder stehen, schaute um sich, horchte und schnupperte seine Umgebung ab. Er unternahm nicht sehr viele Versuche, die Länge der Leine auszunutzen, sondern blieb meistens, ohne Spannung in der Leine zu erzeugen, an meiner Seite.

Dies wertete ich nicht als Ergebnis einer besonders geschickten Leinenführung, sondern es zeigte mir, dass Benny sehr vorsichtig, unsicher und im Ansatz sogar ängstlich agierte. Dieses unsichere Verhalten kannte ich bereits aus anderen Situationen.

Der erste Ausflug an der Leine dauerte keine zehn Minuten. Mehr sollte man einem Welpen dieses Alters auch nicht zumuten. Danach packte ich den Ausflügler wieder in den Kombi und wir machten uns auf den Heimweg. Während der Fahrt bemerkte ich, dass Benny sich im Laderaum ganz ruhig verhielt. Er sprang weder umher, noch gab er einen Laut von sich. Die gleichen Erfahrungen hatte ich bereits bei den Fahrten von und zum Tierheim, während unserer Shoppingtour und auch während der Fahrt zum Tierarzt gesammelt. Innerlich feierte ich den nächsten Erfolg: Auto fahren mit Benny ist möglich.

Als ich nach unserer Rückkehr die Haustür öffnete, saß das Begrüßungskomitee, bestehend aus Luise und Flöckchen, bereits wartend im Hausflur. Etwas war aber anders. Ihr Kollege hatte ein Geschirr an. Das war für Flöckchen neu an ihm, schließlich kannte sie Benny bisher nur nackt. Luise hatte das Geschirr ja bereits anlässlich des Tierarztbesuches bestaunt. Selbstredend nahm Flöckchen dies zum Anlass, eingehende Untersuchungen an Benny vorzunehmen. Aber das Interesse ließ dann doch rasch nach und sie trollte sich gemeinsam mit Luise davon. Benny durfte das Geschirr weiter tragen, um sich an dieses zu gewöhnen. Nach der Rückkehr setzte ich ihn auf unsere Wiese, da er bei seinem Ausflug nichts erledigt hatte. Dies holte er aber sofort nach.

Währenddessen hatte sich Luise, erschöpft vom Warten auf den kleinen Wandersmann, zum Ausruhen auf ihr Kissen im Wohnzimmer gelegt und hatte bereits ein paar Schnarchsalven abgegeben. Die Wanderung in frischer Luft durch die Wildnis war für Benny offenkundig sehr anstrengend. Als er von der Terrasse ins Wohnzimmer kam, lief er schnurstracks zu Luise und kuschelte sich an die schnarchende alte Lady.

Diese durchstreifte ihr ganz persönliches Land der Träume und nahm in diesem Moment die Realität nicht wahr. Die Realität hieß in diesem Fall Benny und lag unmittelbar an ihrer Seite.

Ich ließ mich auf dem Sessel neben dem Schlafkissen nieder und wartete mit einer Mischung aus Spannung und Neugierde ab, wie sich die Sache entwickeln würde. Hier war nun Geduld gefordert. Denn wenn Luise schläft, dann schläft sie. Und zwar lange und fest. Als Luise dann endlich das Reich ihrer Träume allmählich verließ, schlief Benny noch immer fest an ihrer Seite. Sie roch kurz an dem kleinen Kerl, drehte sich um und döste noch etwas vor sich hin. Ein erneuter Grund zur Freude! Das ohnehin schon merklich dünner gewordene Eis zwischen Luise und Benny war nun endgültig geschmolzen. Luise hatte Benny akzeptiert.

7. Erste Feindberührungen

Die nächsten Tage verbunden mit dem schönen Spätwinterwetter nutzten wir zu kurzen Spaziergängen. Diese dauerten immer nur ein paar Minuten und waren jeweils über den ganzen Tag verstreut. Ich steuerte immer wieder verschiedene Orte in der näheren Umgebung an und vermied in dieser Phase noch den Kontakt zu Menschen und Hunden. Benny sollte nicht abgelenkt werden. Die Kurzausflüge dienten einerseits dem Zweck, die Leinenführigkeit zu trainieren, andererseits sollten sie dem Kerlchen die Gelegenheit bieten, sich, statt auf unserer Wiese, auswärts zu lösen. Das Auswärtspieseln war keine große Affäre, da es immer wieder etwas zu markieren galt. Mit dem Auswärtshäufi tat Benny sich schwerer. Schließlich hatte ich ihm mit Schweißperlen auf meiner Stirn beigebracht, dass solche Geschäfte gefälligst auf der Wiese hinter unserem Haus zu erledigen waren. Das hatte er verinnerlicht. Um ihm die Umstellung vom Heimhäufi aufs Auswärtshäufi zu erleichtern, ging ich wenig später dazu über, unseren Zweithund unmittelbar nach dem Füttern, das bekanntermaßen ein baldiges Geschäft in Aussicht stellt, ins Auto zu setzen und ins Grüne zu fahren. Das führte dann letztendlich zum Erfolg. Das erste Auswärtshäufi wurde selbstverständlich mit „minge joote Jung" und „fein Benny, ganz ganz fein" honoriert und anschließend in das mitgeführte Kotbeutelchen verfrachtet.

Benny wurde zusehends agiler und lebhafter. Die Lernexpeditionen gefielen ihm. Voller Ungeduld hockte er im

Auto. Sobald die Laderaumklappe sich öffnete, versuchte er, herauszuspringen. Dies erschien mir sehr gefährlich. Von Luise kannten wir diese Ungeduld nicht. Sie blieb immer seelenruhig hocken, bis sie aus dem Laderaum auf den Boden gesetzt wurde.

Angesichts des ungestümen Verhaltens unseres Halbmopses ließ sich die Anschaffung einer Transportbox für Benny nicht vermeiden. Dies wurde umgehend erledigt. Im Nachhinein bin ich froh über den Erwerb der Box. Das Aussteigen erfolgt nun absolut sicher und deshalb stressfrei. Für den kleinen Weltentdecker war die Umsiedlung in die Box kein Thema. Mittlerweile ist sie sein zweites Zuhause.

Die Leinenführigkeit klappte nun schon recht ordentlich. Nun sollte der Zwerg endlich die große weite Welt kennenlernen. Hierzu boten sich unsere Rheinanlagen an. Dies ist eine wunderschöne, gepflegte und von Touristen bestaunte Parkanlage unmittelbar am Rhein. Sie ist sehr weitläufig und gut einsehbar. Hier würde natürlich eine ungeheuerliche Reizwelle auf ihn hereinstürzen. Menschen, Hunde, spielende Kinder, Fahrradfahrer, Enten, Schwäne und Kleingetier. Also: Los zu den Rheinanlagen! Ich war gespannt.

Die Laderaumklappe öffnete sich und Benny schaute neugierig aus seiner noch verschlossenen Box. In diesem Augenblick hatte sich deren Anschaffung bereits rentiert. Denn neben uns auf dem Parkplatz stieg zur gleichen Zeit ein ausgewachsener Schäferhund in sein Auto. Benny gab ihm durch andauerndes lautes Kläffen zu verstehen, dass die Rheinanlagen fortan sein Revier wären. Er konnte sich nicht beruhigen. Benny war sehr zornig! Das fing ja gut an. Der Zorn meines halbwüchsigen Randalierers legte sich erst, als das Fahrzeug samt Schäferhund außer Sichtweite und insbesondere natürlich außer Riechweite war. In diesem Augenblick wurde mir erst bewusst, dass ich Benny bisher noch nie hatte bellen hören. Offenbar hatte es bisher noch keinen Grund dazu gegeben. Nun also raus aus der Box und ab in die Rheinanlagen!

Alles war neu. Benny blieb stehen, leider am Rande des Radweges, der unmittelbar an dem Parkplatz vorbeiführt und schaute nach allen Seiten. Dann checkte sein Näschen seine Umgebung. Als er noch in der Prüfungsphase war, fuhr jemand mit dem Fahrrad dicht an uns vorbei. Benny zuckte zusammen und versuchte dann, in Richtung des Fahrrades zu springen. Ich hielt ihn an der kurzen Leine, sodass kein Unheil geschehen konnte. Aber Benny war wieder sehr zornig! Er pöbelte den Radfahrer fürchterlich an.

Ich schaute, ob auf dem Weg, den ich einschlagen wollte, Hunde zu sehen waren. Die Luft war rein. Nun gingen wir los, mein kleiner Herr Wichtig lief schön locker an der Leine. Ein großer, kräftiger Mann mit Vollbart und dunklem Mantel kam uns entgegen. Die Leine spannte sich. Benny wurde wieder zornig und begann zu pöbeln, man könnte natürlich auch kläffen oder bellen sagen. Ich schloss daraus, dass ihm große, kräftige Männer mit Vollbart und dunklem Mantel Furcht einflößen. In Ordnung, dieser Kerl erschien auch mir äußerst unsympathisch. Wenig später kreuzte eine hübsche, schlanke, junge Frau unseren Weg. Ich fand sie nicht unsympathisch. Benny schon: Sofort wurde er wieder zornig und pöbelte mit aller ihm gegebenen Lautstärke. Neben großen, kräftigen Kerlen mag er offenkundig auch keine hübschen, jungen, schlanken Frauen. Der Kreis der Kandidaten, die mein Halbmops ohne zu pöbeln akzeptierte, verkleinerte sich innerhalb weniger Minuten radikal.

Egal, wir marschierten weiter. Auf dem Parallelweg promenierte ein kleiner Pudel an der Leine seines Frauchens. Mein kleiner Wichtigtuer schaute und roch hinüber. Dann hockte er sich hin und blickte den beiden, ohne einen Laut von sich zu geben, noch nach. War es nun die Distanz, die ihm vom Bellen abhielt, oder war es etwa die Tatsache, dass der Hund nicht wesentlich größer als er selbst war?

Diese Frage blieb im Raum, beziehungsweise in den Rheinanlagen stehen. Nach wenigen Minuten gingen wir in Richtung unseres Autos zurück. Sie merken vielleicht, dass ich unser und nicht mein Auto schreibe. Auf dem Weg dorthin kam uns der zuvor erwähnte Pudel entgegen. Als dieser nur wenige Meter von uns entfernt war, wurde Benny wieder zornig.

Der Pudel wurde ordentlich angepöbelt und zurechtgewiesen, dann ging es weiter zum Auto. Irgendwie hatte ich mir unseren ersten gemeinsamen Tag in den Rheinanlagen anders vorgestellt. Hatte ich es womöglich mit einem Soziopathen zu tun? Würden nun alle Gassigänge derart anstrengend und peinlich?

Am nächsten Tag starteten wir erneut einen Versuch. Vielleicht hatte er gestern ja nur einen schlechten Tag. Von wegen! Den hatte er heute auch. Wieder dasselbe Spielchen, große dicke Menschen wurden gleichermaßen angepöbelt wie kleine dünne. Bei Hunden machte er auch keine Unterschiede. Benny hatte sehr viele Feinde. Allerdings wurde sehr rasch deutlich, dass die Entfernung des Feindes von Bedeutung war. Auch gab es unterschiedliche Reaktionen, wenn der Feind frontal auf uns zukam oder uns seitlich versetzt passierte.

Einen Tag später unternahm ich einen erneuten Anlauf. Nun aber im Doppelpack mit Luise. Die Gemütsakrobatin ließ sich so schnell nicht aus der Ruhe bringen. Diese Ruhe, so war mein Wunsch, sollte sich auf meinen kleinen Pöbelinski übertragen. Leider lief es umgekehrt. Sobald Benny einen Feind ausmachte und diesem seine Beschimpfungen entgegenschleuderte, war von Luises Seelenruhe nichts mehr zu spüren. Sie unterstützte Benny lauthals. Solche Unmutsäußerungen waren mir an Luise völlig fremd. Angesichts dieser Erkenntnis wurde der gemeinsame Ausflug mit Benny und Luise auf die Kürze eines normalen Geschäftsbesorgungsganges reduziert.

Eines lag aufgrund dieser Erfahrungen auf der Hand: Hier lag Arbeit vor uns. Wenn ich „uns" schreibe, so meine ich Benny und mich.

Da Benny nun fast vier Monate alt war, wurde es ohnehin für den Schwererziehbaren Zeit, die Welpenschulbank zu drücken.

Nachdem ich mich kundig gemacht hatte, fiel meine Wahl auf ein junges Ehepaar, das in der Eifel eine Hundeschule unterhielt. Im Rahmen der telefonischen Anmeldung erfuhr ich von den beiden, dass sie mit dem sogenannten Markertraining arbeiten. Bei dieser Methode wird mit einem Markerwort oder auch mit einem Markersignal trainiert. So, wie heute ja kein Kind ohne Vorschulerfahrung mehr auf die Grundschule geschickt wird, wollte ich unserem Halbstarken das Markerwort bereits vor Schulbeginn näherbringen.

8. Welpenschule

In der schier unüberschaubaren Menge von Hunderatgebern ist häufig zu lesen, dass der Erfolg eines Hunde-
trainings wesentlich davon abhängt, ob und wie gut sich
Mensch und Hund verstehen. Weil Hunde und Menschen unterschiedlich kommunizieren, sollte man, nach
der Auffassung von Fachleuten, Signale wählen, die beide
gleichermaßen verstehen. Genau an diesem Punkt setzt
dieses Markertraining an. Dazu bietet sich ein Markerwort an. Mit ihm können wir ein Verhalten des Hundes
zeitgenau belohnen und verstärken. Dieses Markerwort
sollte nach Möglichkeit

- ein ganz kurzesWort sein,
- keine emotionale Bedeutung haben,
- nicht zum alltäglichen Wortschatz gehören,
- dem Hund eine Belohnung ankündigen,
- dem Hund sagen, dass er etwas richtig gemacht hat.

Für unseren Benny hatte ich das Wort „Top" gewählt.
Nun musste ich versuchen, diesem niedlichen Kontaktver-
weigerer das Markerwort, welches ihn sein ganzes Leben
lang begleiten sollte, näherzubringen. Natürlich eignet sich
hierfür am besten die gewohnte häusliche Umgebung.

Ich steckte mir die winzigen Geflügelfleischwürfel in
eine Hosentasche und ging durch die Wohnung. Wie
üblich, klebte mein kleiner Herr Gernegroß an meinen

Füßen. Ein kurzes, lautes „Top", Benny schaute zu mir hinauf und erhielt dann unmittelbar ein Leckerli. Diese Aktion wiederholte ich, immer wieder an einer anderen Stelle in unserer Wohnung, bis etwa zehn Leckerlis verteilt waren. Diese, sogenannte Konditionierung erfolgte drei- bis viermal täglich. Auf diese Weise lernte mein Schüler sehr rasch, dass das Zeichen „Top" für ihn unmittelbar mit einer Belohnung verbunden ist.

Der nächste Schritt sollte darin bestehen, die Belohnung mit einem Verhalten zu verknüpfen Aber dazu kommen wir noch. Es ergab sich nämlich noch ein kleines Problem während der ersten Trainingsphase. Dieses Problem hatte einen Namen und hieß Luise. Das alte Mädchen war in seinem schon langen Leben bisher ohne Hundeschule, Markertraining und Pöbeleien über die Runden gekommen. Nun schaute sie neugierig zu, wenn das Wort „Top" fiel und Benny eine Belohnung erhielt. Um nun keine Eifersüchteleien aufkommen zu lassen, erhielt also Luise auch hin und wieder ein Leckerli, obwohl sie ja nicht am Unterricht teilnahm. Nach kurzer Zeit saß das Markerwort. Nun konnte also Bennys Einschulung erfolgen.

Die Hundeschule lag in einem kleinen Dorf in der Eifel. Landläufig gilt die Eifel als das preußische Sibirien. Streng genommen, herrscht dort sechs Monate im Jahr Winter. Dies ist allgemein bekannt. Einige unter Größenwahn leidende Politiker in Mainz wussten dies offenkundig nicht, denn sie kamen auf die geniale Idee, ausgerechnet am Nürburgring, einem der kältesten Punkte in der Eifel, einen gigantischen Freizeitpark zu errichten. Vielleicht tue ich diesen Politikern auch Unrecht. Unter Umständen hatten sie in weiser Voraussicht schon die globale

Klimaerwärmung einkalkuliert. Wie auch immer – das Monstrum wurde mit großem Getöse als „Leuchtturm-Projekt" aus der Erde gestampft. Es leuchteten allerdings ausnahmslos die Augen verschiedener betrügerischer und geldgieriger Finanzierungsvermittler und dubioser, angeblicher Investoren.

Zurück blieben mehrere Hundert Millionen Euro in den Sand gesetzter Steuergelder und die angeblich schnellste Achterbahn der Welt, die auch heute noch auf ihre Betriebserlaubnis wartet. Um keine Missverständnisse aufkommen zu lassen: Ich liebe die Eifel. Sie ist traumhaft schön. Freizeitparks allerdings sind andernorts besser aufgehoben.

In diese Eifel fuhren mein Schüler und ich am späten Nachmittag zur Welpenschule. Als bei uns im Rheintal bereits erträgliche Temperaturen herrschten, sah es in der Eifel aber noch ganz anders aus. Das merkten wir spätestens, als uns dort beim Aussteigen ein eisiger Wind empfing. Wir waren zum Gruppenunterricht angemeldet. Offenbar waren wir die Ersten, da noch keine weiteren Fahrzeuge im Hof standen. Es wurde bereits dunkel.

Eva und Lars, ein nettes junges Ehepaar, das die Hundeschule betrieb, empfingen uns vor einem liebevoll umgestalteten, ehemaligen Bauernhof. Seltsamerweise sah Benny keinen Anlass, Unmutsbekundungen, gleich welcher Art, von sich zu geben. Wir gingen gemeinsam in eine temperierte Scheune. Dort überreichte Eva mir für den Erstklässler eine Schultüte. Sie enthielt ein Spielzeug und etwas zum Naschen für den Erstklässler. Eine nette Idee, wie ich fand. Dann unterhielten wir uns eingehend.

Ich schilderte die Ereignisse der letzten Tage und Benny, auf einer Decke auf dem Boden liegend, blickte mit einer Unschuldsmiene zu uns herauf. Irgendwie hatte ich das Gefühl, dass er wusste, worum es ging. Eva und Lars erkundigten sich, ob mein Hund denn bereits schlechte Erfahrungen mit Menschen oder Tieren hinter sich gebracht haben könnte. Dies konnte ich mit absoluter Gewissheit ausschließen.

Während seiner Zeit im Tierheim war er ausschließlich von Menschen umgeben, die ihn freundlich und liebevoll versorgt hatten. Die Hunde, mit denen er in seinem Tierheim-Umfeld in Berührung kam, hatten ihn niemals in irgendeiner Form bedroht. Prägungen oder Verknüpfungen, die mit einem schlechten Umfeld zu begründen wären, konnte man nach meiner Einschätzung vollkommen ausschließen.

Die Pöbeleien, die Benny an den Tag legte, waren wahrscheinlich eher ein Ausdruck von Unsicherheit, Nervosität und gegebenenfalls auch von Angst. Seine Mutter Agathe ist eine extrem ängstliche Hündin. Dies liegt wohl insbesondere in dem Umstand begründet, dass Agathe während ihrer Gefangenschaft in dem Horrorhaus sehr viel, was wir im Detail nicht wissen und auch gar nicht wissen möchten, durchleiden musste. Mag sein, dass diese ängstlichen Wesenszüge sich auf meinen Hund übertragen hatten. Hier war wohl Agathe prägend. Konrad, Bennys Vater, jedenfalls war hier nicht im Spiel.

Wie auch immer, es galt nun unseren jugendlichen Randalierer zu sozialisieren. Eva und Lars wollten diese Herkulesaufgabe angehen. Durch das Scheunenfenster hindurch sah ich, wie die übrigen Welpenkurs-Teilnehmer fast gleichzeitig mit ihren Fahrzeugen in den Hof fuhren.

Zuerst stieg ein Bobtail-Mädchen namens Inga aus dem Auto seiner Begleiterin. Es folgte ein Mittelschnauzer, der auf den Namen Ernst hörte. Danach trat das Pudel-Mädchen Chantale auf die Bühne. Alle drei waren ein gutes Stück größer und auch ein Stück älter als Benny. Dies empfand ich als eine etwas unpassende Zusammenstellung.

Die drei Ankömmlinge kannten sich bereits, da der Kurs eine Woche zuvor begonnen hatte. Sie begrüßten sich gegenseitig (ohne Pöbeleien) und betraten dann gemeinsam die Scheune. Jetzt war es aber vorbei mit der Ruhe und der Eintracht. Drei Feinde nebst Begleitung auf einen Streich. Da kam Freude auf. Benny wusste nicht, wen er zuerst zurechtweisen sollte. Er war wieder einmal sehr zornig. Die erste Deeskalationsmaßnahme war, dass ich den Zornigen unter den Arm nahm und nach draußen ging. Diese, ich nenne es einmal „Erste-Hilfe-Aktion", fand keinesfalls die Zustimmung des fachkundigen Plenums. Aber immerhin herrschte Ruhe.

Hier draußen in der sibirischen Luft konnte Benny sein Mütchen abkühlen. In einer für ihn erträglichen Distanz wartete ich, bis die Gruppe die Scheune in Richtung Übungsplatz verließ und ging, den Abstand wahrend, mit meinem nicht ganz so strebsamen Musterschüler hinterher.

Chantale, Ernst und Inga tollten innerhalb eines eingezäunten Übungsplatzes herum. Deren Frauchen und Herrchen waren ebenfalls dort eingesperrt, schauten dem Treiben zu, lauschten den Hinweisen und Ratschlägen von Eva und Lars und tauschten fachkundige Ideen aus. Benny und ich betrachteten die Veranstaltung aus einer für ihn akzeptablen Distanz. Er schaute mit Interesse zu. Dann winkte Lars zu uns herüber. Er hatte die Gruppe in einer Ecke des Übungsplatzes versammelt und bat uns nun, in die andere, freie Ecke zu marschieren. Bei idealem Verlauf einer solchen Aktion wäre jetzt ein guter Zeitpunkt zum Einsatz des bereits antrainierten Markerwortes gekommen.

Wir gingen los und ich wartete auf einen Blickkontakt, um Benny danach zu belohnen. Soweit die Theorie. Mein Schulanfänger blickte ausnahmslos in Richtung der anderen Hunde. Sobald eine aus seiner Sicht bedenkliche Nähe erreicht wurde, ging das Gebelle los. Benny war wieder sehr zornig. Gleichwohl begaben wir uns in die uns zugeteilte Ecke. Hier war die Entfernung zu seinen Feinden auf den ersten Blick unschädlich. Ängstlich hockte sich der soeben Eingeschulte zwischen meine Beine und schaute argwöhnisch hinüber zu seinen Schulkameraden.

Da er sehr angespannt und auch völlig verspannt wirkte, versuchte ich ihn mit einem Leckerli abzulenken. Er nahm es nicht an. Das war ein untrügliches Indiz dafür, dass wir an diesem Punkt abbrechen mussten. Benny stand unter extremem Stress. So endete der erste Schultag für uns beide vorzeitig.

Als wir ins Auto einstiegen, war es bereits stockdunkel. Wir kurvten durch die nachtschwarze Eifel in Richtung Heimat. Als wir zu Hause ankamen, ich übrigens mit einer Schultüte in der Hand, wurden wir von der kompletten Familie empfangen. Man merkte dem Schulbuben an, dass er heilfroh war, wieder auf Luise und Flöckchen zu stoßen. Benny wurde auch intensiver als sonst üblich beschnuppert. Die Hundeschule hatte vermutlich für die beiden interessante Geruchsspuren hinterlassen. Im Anschluss an die Untersuchung wurde der Inhalt der Schultüte mit der erforderlichen Sorgfalt unter die Lupe genommen. Die Leckerlis fanden die Zustimmung von Luise und ihrem schwer erziehbaren Halbbruder. Flöckchen erhielt im Gegenzug ihr spezielles Katzennaschzeug.

Bei dem Spielzeug aus der Tüte handelte es sich um ein Stoffgebilde mit einem kreisförmigen Ring, an dem ein Kopf befestigt war, der an eine Kuh erinnerte. Ich nannte das Teil „Muh". Wenn Benny in ihren Kopf biss, quietschte „Muh". Unser Schuljunge war allerdings zu müde, um sich mit „Muh" zu beschäftigen. Er schlief zu meinen Füßen auf dem Teppich ein.

Obwohl der erste Schultag nun wirklich nicht von Erfolg gekrönt war, brachte er immerhin die Erkenntnis, dass man sehr behutsam darangehen musste, Bennys Scheu vor fremden Menschen und besonders vor Hunden abzubauen. Dieses Training würde sich mit Sicherheit über einen längeren Zeitraum erstrecken. Angesichts der eben absolvierten nächtlichen Fahrt durch die noch winterliche Eifel kam ich zu dem Entschluss, ohne die Qualifikation von Eva und Lars auch nur ansatzweise infrage stellen zu wollen, Umschau nach einem Trainer in der nahen Umgebung zu halten.

9. Eingewöhnungsphase

Obschon Benny nun bereits über vier Monate alt war, war er ja noch immer ein Zwerg. Die Schulterhöhe maß vielleicht zwölf Zentimeter. Dagegen war Luise eine Riesin. Auch Flöckchen konnte noch zu Benny herabschauen, obgleich sie für eine Katze recht klein war.

Der Wicht registrierte, dass insbesondere Flöckchen unser Sofa gelegentlich gerne als Schlafplatz nutzte. Das war natürlich verführerisch. Er hätte auch gerne, wie das Kätzchen, neben mir auf dem Sofa gekuschelt oder auch gemeinsam mit ihr die Welt von oben betrachten wollen. Aber seine Spring- und Kletterversuche endeten ebenso erfolglos wie die Fluchtversuche aus seiner Schlafkiste. Das war für ihn sehr ärgerlich. Er musste tatenlos mit anschauen, wie Flöckchen morgens ins Bett sprang und uns die Ohren vollschnurrte. Wie gerne wäre er da mit von der Partie gewesen.

Das Zusammenleben zwischen Flöckchen, Luise und Benny entwickelte sich prächtig. Flöckchen forderte ihren neu gewonnen Spielkameraden gelegentlich zum Nachlaufen auf. Sie zeigte ihm ihren schönsten Katzenbuckel, richtete ihren Schwanz zu einem Fragezeichen auf und hüpfte dann auf allen Vieren seitlich versetzt, ähnlich wie Pferde beim Dressurreiten, auf Benny zu. Urplötzlich nahm sie dann in die entgegengesetzte Richtung Reißaus.

Der kleine Chaot hetzte hinter ihr her. Nun ging es kreuz und quer durchs Wohnzimmer. Gelegentlich sprang Flöckchen auf einen Stuhl oder Sessel und schlug Benny, ohne ihre Krallen auszufahren, auf den Kopf.

Luise schaute dem Spektakel, falls sie nicht am Schlafen war, mit Interesse zu. Sie erkannte aber niemals auch nur den geringsten Anlass, sich an dem Spiel zu beteiligen.

Anders verhielt es sich jedoch, wenn Benny in seinem kindlichen Übermut Luise an den Ohren knabberte oder schlimmer noch, in ihr Schwänzchen biss. Dann ging die Hetzjagd aber los. Wir hätten es niemals für möglich gehalten, dass das alte Mädchen noch so schnell auf den Beinen sein könnte. Sie drehte sich blitzschnell um und schnappte nach dem Ohrenbeißer. Dieser ergriff dann die Flucht und Luise flitzte dem durch alle Räume flüchtenden Strolch hinterher. Es trat das ein, was wir uns mit der Aufnahme von Benny gewünscht und erhofft hatten: Luise wurde wieder, zumindest zeitweise, lebendig.

Benny war ein winziges Energie- und Muskelbündel. Er strotzte vor Kraft und Lebensfreude. Deshalb war es nicht verwunderlich, dass er hin und wieder das tat, was sehr viele junge Hunde tun, wenn sie nicht wissen, wo sie ihre Energie lassen sollen. Er flitzte dann urplötzlich, wie von einer Tarantel gebissen, durch die Wohnung. Nun galt es, alle Türen zu öffnen.

Benny rannte dann vom Wohnzimmer in den Flur, durchs Schlafzimmer, hinaus über die Terrasse wieder ins Wohnzimmer. Mal in die eine, mal in die andere Richtung. Das Spektakel dauerte meist ein bis zwei Minuten. Dann war

Ruhe. Wir nannten eine solche Darbietung „sing jecke Minutte", also seine verrückten Minuten.

Luise hatte während ihrer Jugend auch häufig „ihre jecke Minutte" gehabt. Aus Alters- und Konditionsgründen hatte sie diese jedoch bereits vor Jahren eingestellt.

10. Pauline

Sehr häufig wird, diese Erfahrung habe ich im Laufe meines Lebens gemacht, unser Leben von Zufällen bestimmt. Ein solcher Zufall wollte es, dass eine junge Frau, die in unserer Nachbarschaft wohnt, eine eigene Hundeschule ins Leben gerufen hatte. Pauline, eine zertifizierte Hundetrainerin, kümmerte sich bereits in unserem Tierheim ehrenamtlich um verschiedene, sogenannte Problemhunde. Zumeist waren ja nicht die Hunde das Problem, sondern deren ehemaligen Halter.

Ich schilderte Pauline meine Erlebnisse mit unserem Heranwachsenden und bat sie um Mithilfe. Pauline nahm die Aufgabe gerne an. Prima, Benny hatte nun einen kurzen Schulweg. Besser noch, die Lehrerin kam zu uns ins Haus. Am nächsten Tag erschien Pauline verabredungsgemäß an unserer Haustür. Als sie klingelte, rannte der Chi-Mops bellend zur Haustür. Das Bellen war zwar lautstark, aber nicht aggressiv, so wie man es bei Feinderkennung zu hören bekam. Gleichwohl kündigte Pauline an, dieses Verhalten mittelfristig Benny abgewöhnen zu wollen. Nachdem wir uns eingehend unterhalten hatten und sie sich auch intensiv mit dem Lausbub beschäftigen konnte, schlug sie vor, einmal eine kleine Proberunde mit ihm zu drehen.

Wir wohnen, wie man so schön sagt, im Grünen. Allerdings ist unser Haus backsteinrot. Streng genommen, wohnen wir demzufolge im Roten. Wie dem auch sei, wenn wir aus dem Haus treten, empfängt uns nach hundert Metern asphaltierter Straße die freie Natur.

Leider muss Benny auf diesen einhundert Metern noch zwei Feinden die Stirn bieten. Gegenüber wacht Erna, ein bestens erzogenes Riesenschnauzermädchen, hinter dem Gartenzaun. Etwas weiter, verborgen hinter einem hohen, dichten Bretterzaun, lauert ein nicht ganz so gutmütiger Schäferhund, der genauso heißt, wie er sich benimmt: Rambo.

Wir verließen unser Haus. Pauline führte ihren Schüler an der Leine. Sie kannte dessen Markerwort und war mit seinen heiß geliebten Leckerlis versorgt. Bennys erster Blick ging naturgemäß in Richtung seiner Nachbarin Erna. Dort war nichts zu sehen oder zu riechen. Kommentarlos ging es weiter. Rambo hatte bereits Witterung aufgenommen und dies mittels eines tiefen Knurrens hinter dem Zaun kundgetan. Das konnte Herr Gernegroß natürlich nicht durchgehen lassen. Er knurrte zurück. Pauline redete mit Engelszungen ganz liebevoll und freundlich auf Benny ein. Als dieser dann tatsächlich zu ihr aufsah, fiel das Zauberwort „Top" und es gab ein Leckerli.

Dieses Manöver wurde mehrmals wiederholt, bis wir ohne gröbere Pöbeleien Rambos Reich hinter uns gelassen hatten. Wir drehten eine kleine Runde ohne weitere Feindberührung und gingen danach wieder zurück. Es versteht sich von selbst, dass auf dem Rückweg Rambo bereits ungeduldig wartete. Bevor dieser erkennbar knurrte, lenkte Pauline mit sanften Worten und vielen Belohnungen unseren Chi-Mops ab. Somit gelang es uns tatsächlich, die kritische Rambo-Passage unfallfrei zu überwinden.

Ich räume ein, dass die geschilderte Situation mit einem „Frontalangriff" in den Rheinanlagen nicht vergleichbar war. Zum einen war der Feind nicht zu sehen und zum anderen war die Distanz für Benny erträglicher. Gleichwohl hatte ich das Gefühl, mit Pauline die richtige Lehrerin für unseren Schulanfänger gefunden zu haben.

Zu Hause angekommen, besprach ich mit der neuen Lehrerin die weitere Vorgehensweise. Pauline bestätigte mir meine eigene Feststellung, dass Benny ein Hund ist, der aufgrund seiner Lebhaftigkeit in hohem Maße beschäftigt werden müsse. Da auch sie den Eindruck gewonnen hatte, dass Benny sehr lernfähig und lernwillig ist, schlug sie vor, ihm verschiedene, nennen wir es einmal, Kunststücke, beizubringen.

Neben der damit beabsichtigten Beschäftigung könnte man diese Übungen oder Kommandos auch zur Ablenkung in Konfliktsituationen anwenden.

Neben dieser Variante sollte parallel eine Sozialisierung erfolgen. Hierzu bot Pauline auf ihrem Trainingsgelände im nahe gelegenen Brohltal „Social-Walks" an. Dies sind gemeinsame Spaziergänge mit Vierbeinern, die ähnlich wie Benny veranlagt sind. Man achtet darauf, dass alle Artgenossen einen Wohlfühlabstand einhalten. Dazwischen werden verschiedene Übungen eingeflochten, bei denen gezielt auf das Verhalten jedes einzelnen Hundes eingegangen wird. Das Ziel ist es, dass die Tiere positive Erfahrungen mit ihren Artgenossen sammeln.

Das, was Pauline vortrug, leuchtete mir ein. Wir wollten es mit dieser Herangehensweise versuchen. Es wurde ein

Termin für den ersten „Social-Walk" vereinbart. Danach beratschlagten wir gemeinsam, mit welcher Übung unser zukünftiger Social-Walker beginnen sollte. Ich entschied mich für die „Acht".

11. Erste Übungen

„Acht". Die erste Übung für Benny. Streng genommen, war es bereits seine Dritte. Schon in den ersten Wochen lernte Benny mehr oder weniger im Vorbeigehen das Kommando „Hier". Wenn er, was in der frühen Phase selten vorkam, ein paar Schritte von mir entfernt war, rief ich, sobald ich merkte, dass er ohnehin zu mir laufen wollte: „Hier" Auch ohne das Kommando wäre er gekommen. Wenn er aber dann zu mir lief, lobte ich ihn über alle Maßen. Dies wiederholte ich bei jeder sich bietenden Gelegenheit. So hatte mein Kerlchen das Kommando „Hier" recht schnell verinnerlicht. Nachdem ich ihm das Markersignal beigebracht hatte, konnte ich das Kommando noch besser trainieren. Wenn er nach dem „Hier" zu mir rannte, erfolgte das „Top" verbunden mit einem Leckerli. So hatte er das „Hier" innerhalb sehr kurzer Zeit positiv verknüpft.

Ähnlich war es mit „Sitz". Wenn Benny zufällig einmal saß, fiel das Wort „Sitz". Immer und immer wieder. Wenn er aber stand, nahm ich ein Leckerli in die Hand und hielt es über sein Köpfchen. Er musste dann das Leckerli mit seinem Näschen verfolgen und geriet so in die Sitzposition. Wenn diese erreicht war, rief ich: „Sitz" Das klappte bereits gut und wurde letztlich dann unter Verwendung seines Markerwortes perfektioniert.

Nun also „Acht". Bei dieser Übung steht der Hund vor Ihnen. Sie haben die Beine gespreizt und der Hund läuft eine Acht zwischen Ihren Beinen hindurch. Also los. Benny saß vor mir. Ich nahm das vielmals genannte Leckerli in meine rechte Hand.

Für eine solche Belohnung macht der Kleine fast alles. Er ist regelrecht gierig danach. Nun führte ich dieses Fleischwürfelchen vor seine Nase und dann zwischen meine gespreizten Beine. Bennys Nase hing an dem verführerischen Bröckchen Geflügelfleisch. Ich ließ meine linke Hand hinter meinen Beinen baumeln und führte das Leckerli von der rechten Hand zur linken. Jede Handbewegung wurde von der glänzend schwarzen Nase meines Schulbuben verfolgt. Ich animierte ihn noch mit dem bekannten „fein Benny, ganz, ganz fein". Er war mit unstillbarem Ehrgeiz bei der Sache.

Benny war schon zwischen meinen Beinen hindurch, die Nase zielgerichtet an der Belohnung, hatte er bereits mein linkes Bein umrundet. Nun galt es, das Leckerli wieder in die rechte Hand zu nehmen. Benny verfolgte meine Rechte zwischen den Beinen hindurch und umrundete auch mein rechtes Bein.

Er hatte somit eine Acht zwischen meinen Beinen vollführt und stand nun frontal vor mir. Sofort folgte ein freudiges „Top", verbunden mit der kulinarischen Belohnung. Das hier Geschilderte war der erste Schritt zum Erlernen der „Acht". Wir übten in der anschließenden Zeit mehrmals täglich unzählige Wiederholungen des zuvor Beschriebenen. Was gab es Spannenderes für meinen kleinen Studenten, als hinter einer Belohnung herzulaufen?

Im nächsten Schritt der Übung wurde nun aber die Belohnung nicht mehr in der Hand gehalten. Sie war vorerst in meiner Hosentasche vergraben. Nun musste Benny unter akustischer Begleitung zahlreicher Lobeshymnen meinen leeren Händen nachlaufen. Die Übung war bereits so tief verknüpft, dass er tatsächlich die Acht auch ohne Leckerlis in meinen Händen vollzog. Am Ende standen selbstverständlich das „Top" und die Belohnung.

Die Übung hatte bis zu dieser Phase des Trainings noch keinen Namen. Nun folgte der nächste Schritt. Wenn Benny vor mir saß, sagte ich „Acht", wartete ein paar Sekunden und machte dann das, was wir bereits unzählige Male hinter uns gebracht hatten: Hände (ohne Leckerli) zwischen den Beinen hindurch, „Top" und Belohnung. Und immer wieder dasselbe: „Acht" und so weiter.

Dann ließ ich nach und nach die Hände aus dem Spiel. Ich deutete nur noch kurz die Richtung an und nach gefühlten zweitausend Trainingseinheiten war es dann so weit: Benny lief zwischen meinen Beinen ohne Hilfestellung meiner Hände auf mein Kommando eine „Acht".

Benny war ein gleichermaßen fleißiger wie lernbegieriger Schüler. Er verspürte erkennbar eine Riesenfreude, wenn wieder Unterricht auf dem Plan stand. Das ging letztlich so weit, dass mein Musterschüler, wenn das Wort üben fiel, sofort in die Küche rannte. Dort setzte er sich dann vor die Anrichte, auf der die Dose mit seinen Leckerlis steht, und wartete, bis ich meine Hosentasche damit bestückt hatte.

Luise ist faul und lernresistent, aber nicht dumm. Sobald ich mit dem Training begann, hatten wir eine Beobachterin. Das Interesse galt weniger den Trainingseinheiten als vielmehr den Belohnungen. Selbstverständlich fiel auch für Luise immer mal wieder ein Leckerli ab.

Egal, ob man diese Darbietungen nun Übung, Befehl oder Kommando nennt, wichtig ist, dass sie generalisiert werden. Zu Hause im Wohnzimmer sind die Trainingsbedingungen perfekt.

Anders sieht die Sache jedoch aus, wenn das Kommando außerhalb der eigenen vier Wände ausgeführt werden soll. Dort warten viele, zum Teil auch unerwartete Ablenkungen.

Aus diesem Grund hatte ich meine Übungseinheiten während den verschiedenen Phasen immer wieder in unsere kurzen Spaziergänge eingeflochten. Benny vollzog seine „Acht" im Wohnzimmer ebenso wie auf einer Waldlichtung. Sobald wir das Haus verließen, war mein kleiner Zögling immer an der Leine. Die angeleinte „Acht" erforderte von mir unter diesen Umständen fast akrobatische Fähigkeiten, da ich die Leine zwischen meinen Beinen, Benny folgend, hindurchziehen musste. Aber was soll's? Auch ich bin in meinem hohen Alter noch lernfähig.

12. Social-Walks

Es war Samstag. Der erste „Social-Walk" stand auf unserem Kalender. Wir kutschierten ins Brohltal. Dort unterhielt Pauline ihr Übungsgelände. Dies war eine wunderschöne, weitläufige, umzäunte Streuobstwiese. Der uralte Obstbaumbestand beeindruckte mich gewaltig. Mein neugieriger Schüler und ich erreichten als Erste das Gelände. Pauline empfing uns am Tor zu der Wiese und erklärte uns, dass noch drei Hunde erwartet würden, die ähnlich zornig werden könnten wie unser Benny. Sie führte uns zu einer etwas erhöhten Stelle auf der Wiese. Von dort hatten wir eine gute Einsicht auf das Gelände und konnten aus sicherer Entfernung die Mitschüler und ihre Diener bei deren Ankunft beobachten. Nach und nach trudelten sie ein. Zuerst ein Dackel, dann ein Chihuahua und zu guter Letzt folgte ein Malteser. Größenmäßig hatten alle Bennys Kaliber. Die Kollegen nebst Begleitung wurden auf der Wiese, jeder in eine andere Ecke, verteilt. Nun konnte der „Social-Walk" beginnen.

Benny durfte sich zur Mitte der Wiese bewegen. Der Abstand zu den übrigen Kursteilnehmern bewegte sich noch im Wohlfühlbereich. Weder mein Schützling noch seine Kollegen sahen einen Grund, Pöbeleien von sich zu geben. Nun sollten wir uns vorsichtig dem Dackel nähern. Zuerst lief Benny ganz locker, dann bemerkte ich seine Anspannung.

Ich redete beruhigend auf ihn ein. Er schaute kurz zu mir: „Top", und ich warf das Leckerli in die dem Dackel abgewandte Richtung auf die Wiese. Benny nahm es auf. Dann ging es weiter. Wieder in Richtung des Dackels. Sobald ich auch nur die geringste Anspannung registrierte, versuchte ich, den Blickkontakt herzustellen. Nachdem dies gelang, erfolgte ein „Top", verbunden mit der Belohnung, die ich immer in die entgegengesetzte Richtung warf.

Dies klappte zu meinem Erstaunen, aber auch zu meiner Freude gut. Selbst als der Dackel einmal kurz pöbelte, sah Benny sich nicht genötigt, die passende Antwort zu liefern. Er war zu sehr mit dem Leckerli beschäftigt. Dann ging es zu dem Malteser und zum Schluss wurde noch der Chihuahua, mit dem er ja wesensverwandt ist, besucht. Mir gelang es immer wieder, Blickkontakt herzustellen und meinen leicht erregbaren Kleinhund abzulenken.

Nach diesem, aus meiner Sicht ersten Erfolg marschierten wir in unsere Ecke zurück. Ich war stolz auf Benny und, ich gebe es gerne zu, auch ein wenig stolz auf mich. Nun ging es andersherum. Die Mitstreiter bewegten sich nun abwechselnd in die Nähe unserer Ecke. Jetzt war Ablenkung für Benny angesagt. Es lief ähnlich ab, wie zuvor auch: Blickkontakt – „Top" – Leckerli. Es klappte alles schulmäßig.

Nachdem uns Pauline noch ein paar sachkundige, grundsätzliche Dinge zur Hundeführung und zum Training erklärt hatte, wurde die Gruppe ins Wochenende entlassen.

Auf der Heimfahrt dachte ich: Welch ein schöner Tag! Keine Pöbeleien! Wenn jetzt auch noch mein Fußballclub das anstehende Spiel gewinnt, ist das Wochenende rund.

Die Social-Walks fanden alle vierzehn Tage statt und brachten meinen Pöbelmops jeweils ein Schrittchen weiter. Als die „Acht" saß, setzte ich diese gelegentlich zur Ablenkung ein. Es funktionierte, trotz Leinenbehinderung, vorzüglich.

13. Die Geburt des Nasenmopses

Die „Social-Walks" brachten Benny im Hinblick auf seine Sozialisierung ein gutes Stück voran. Seine Unsicherheit nahm zusehends ab. Neben den „Social-Walks", drehten wir selbstverständlich weiterhin gemeinsam unsere Runden durch die Rheinanlagen oder aber auch durch den wunderschönen Schlosspark, mit uraltem Baumbestand, in dem auf der anderen Rheinseite gelegenen Neuwied. Mittlerweile sah mein Chi-Mops angesichts der Menschen, die uns begegneten, meistens kaum noch einen Anlass, diese anzupöbeln. Ausnahmen gab es allerdings noch immer. Jogger und Radfahrer machten ihn weiterhin zornig. Daran mussten wir noch arbeiten.

Begegnungen mit Hunden erforderten stets noch behutsames und aufmerksames Vorgehen. Aber es besserte sich im Laufe der Zeit erkennbar. Gleichwohl musste Benny während unserer Streifzüge gelegentlich Beschimpfungen von sich geben. Die Gründe dafür waren vielfältig. Wenn ein Feind mit den Pöbeleien begann, musste der Zornige selbstverständlich entsprechend reagieren. Auch wenn Fellnasen kamen, die seine Körpergröße um ein Mehrfaches überragten, wurde durch lautes Bellen kundgetan, dass mit ihm nicht zu spaßen war.

Wenn wir so unsere Runden in der Öffentlichkeit drehten, kam es nicht selten vor, dass Passanten uns ansprachen. Mein edles Hündchen und ich mussten uns dann schon mal solche oder ähnliche Aussagen wie: „Das ist aber ein putziges Kerlchen. Welche Rassen waren denn an diesem Mischling beteiligt?" anhören.

Mischling! Ein äußerst heikles Thema. Achtung, ganz dünnes Eis! Es gibt Hunderassen, die auf den ersten Blick wie ein Mischling wirken. Nicht selten entpuppt sich dieser angebliche Mischling jedoch als ein sehr edles und zudem auch noch recht seltenes, teures Rassetier. Dies erkennt meist nur ein Fachmann. Da ich kein solcher Fachmann bin, halte ich mich persönlich bei fremden Hunden mit der Bezeichnung Mischling diskret zurück. Man kann mit solchen Äußerungen brutal in ein Fettnäpfchen treten. Ich frage dann lieber unverbindlich: „Sie haben einen schönen Hund. Welche Rasse ist das?" Damit liege ich immer richtig.

Nun ist Benny unbestritten ein Mischling. Aber, wie ich voller Stolz behaupten darf, ein ganz Besonderer. In gewisser Weise wurde ich von dem Gefühl getragen, ich müsse diesen Stolz, auch meinem Hund zuliebe, anderen gegenüber zum Ausdruck bringen. Deshalb hatte ich mich auf die Frage, welcher Mix Benny sei, präpariert und mir verschiedene Formulierungen zurechtgelegt. Nun war es nur noch eine Frage der Zeit, wann der erste Fragesteller im Netz zappeln würde. Und siehe da, die Zeit war gekommen.

Wir gingen frohen Mutes durch den idyllischen Schlosspark. Auf einer Bank saßen ein Mann und eine Frau und genossen ihr Picknick. Als wir an den beiden vorbeischlenderten, kam aus dem Mund des Mannes die Frage, auf die ich mich bestens vorbereitet hatte: „Das ist aber ein knuffiges Hündchen, welcher Mix ist das?"

Ich sah die beiden mit ernster Miene an und wies sie zurecht: „Entschuldigen Sie bitte. Das ist kein Mischling. Vor Ihnen steht ein reinrassiger Nasenmops. Das ist quasi der Ferrari unter den Möpsen." Erstaunte Gesichter. Ich referierte weiter: „Schauen Sie. Der Mops, den man so landläufig kennt, hat diese extrem platte Stupsnase. Die armen Tiere kämpfen gegen riesige Atemprobleme und müssen gerade jetzt bei dieser Hitze fürchterlich leiden. Aus diesem Grund sollen zukünftig diese Züchtungen auf EU-Ebene verboten werden. Es wird angestrebt, dass die Nasenlänge der Möpse mindestens ein Drittel ihrer Kopflänge betragen muss. Diese Vorgabe erfüllt der Nasenmops bereits heute. Der Mops, so wie sie ihn jetzt noch antreffen, wird mittelfristig von der Bildfläche verschwinden."

Ich war auf schallendes Gelächter ebenso vorbereitet wie auf Schweigen, Zustimmung oder Unverständnis. Die beiden schauten mich mit großen Augen an, hatten das Essen unterbrochen und dann kam es aus ihm heraus: „Tut mir leid, das wusste ich nicht." Ich: „Kein Problem, man kann ja nicht alles wissen. Schönen Tag noch!"

Dann aber nix wie weg. Die beiden waren, ohne es zu wissen, Zeugen der Geburt des Nasenmopses. Ich war mir sicher, dass dieses Pärchen bestimmt nicht die Letzten waren, die sich von mir ein Referat über den mitteleuropäischen Nasenmops anhören mussten. Innerlich freute ich mich bereits auf meine nächsten Opfer.

14. Leinenlos

Wenn ich mit Benny Ausflüge unternahm, lief er bisher immer an der Leine. Natürlich sollte er auch die Möglichkeit bekommen, sich „leinenlos" austoben zu können. Zunächst einmal hatte ich für diesen Zweck eine Schleppleine besorgt. Diese war wesentlich länger als die bisher Benutzte und sollte ihm Gelegenheit geben, sich weiter, als bislang gewohnt, von mir zu entfernen. Wir verließen unser Haus und gelangten ohne Pöbeleien ins Grüne. Dass wir unfallfrei Bennys Feindgebiete passieren konnten, insbesondere die berüchtigte Rambo-Passage, war in diesem Fall nicht unser Verdienst. Erna und Rambo waren schlichtweg nicht zu Hause.

Auf einer abgemähten, leeren Viehweide, die weithin einsehbar war, blieb ich stehen und gab die Leine auf eine Länge von etwa fünf Metern frei. In der Vergangenheit hatte ich mit anderen Welpen schon erlebt, dass die neu gewonnene Freiheit sofort ausgenutzt wurde. Nicht so bei Benny. Er blieb neben mir sitzen und beobachtete und beschnupperte mit hellwachen Augen seine Umgebung. Nichts anderes hatte ich erwartet. Er war von Natur aus vorsichtig, bisweilen auch ängstlich. Zudem war er auf mich fixiert. Aus welchen Gründen sollte er sich also von seinem Beschützer entfernen?

Die Kommandos „Sitz" und „Hier" hatte er verinnerlicht. Das Markerwort „Top" war für ihn Alltag. So wie ich unsere Situation auf der Weide einschätzen konnte, war nicht die geringste Gefahr erkennbar. Ich wagte deshalb den Versuch, meinen Schützling von der Leine zu lassen. Es beeindruckte ihn nicht sonderlich. Ich ging mit ihm kreuz und quer über die Weide. Er begleitete mich auf Schritt und Tritt immer in unmittelbarer Nähe.

Da! Plötzlich huschte eine Maus an uns vorbei. Sofort nahm Benny die Verfolgung auf. Nach wenigen Metern hatte die Maus ihren Wohnungseingang, sprich Mauseloch, erreicht. Ich blieb in kurzer Entfernung stehen und beobachtete amüsiert, wie der kleine Jäger nun versuchte, das Mauseloch zu verbreitern. Ob das auf die Zustimmung der Maus stieß, wage ich zu bezweifeln. Er grub einen unglaublich breiten und tiefen Krater, der schon die Ausmaße eines Kaninchenbaus annahm. Mein Nasenmops war nun in seinem Element. So etwas hatte er noch nie erlebt. Während der von ihm durchgeführten Umbaumaßnahmen würdigte er mich keines Blickes. Es gab schließlich Wichtigeres zu tun! Nach einer ganzen Weile erkannte er allerdings, dass seine gartengestalterischen Maßnahmen ohne den gewünschten Erfolg blieben. Er schaute zu mir herüber.

Nun folgte ein lautes „Hier". Er reagierte blitzschnell und kam die wenigen Meter zu mir herüber gerannt. „Top" und Leckerli folgten. Jetzt vollführte ich das komplette Programm; „minge joote Jung" und „fein Benny, ganz, ganz fein" trug der leichte Wind wiederholt über die Weide.

Nach diesem – aus Bennys Sicht – Abenteuer, marschierten wir „leinenlos" in Richtung unseres Wohnhauses. Kurz vor der anspruchsvollen Rambo-Passage musste mein reinrassiger Nasenmops an die Leine. Rambo war noch immer nicht im Garten. Ablenkungsmanöver waren demnach nicht vonnöten. Im Hausflur saß, wie fast immer, unser Altweiberduo. Benny stürmte auf die beiden zu. Er hatte unglaublich viel zu berichten.

15. Schubs

Die „Acht" beherrschte Benny bereits in Vollendung. Er vollführte sie mit einer Riesenbegeisterung. Als nächste Übung stand nun „Schubs" an. Hierbei stellt er sich an einer Wand, einem Baum oder einer Laterne auf seine Hinterläufe und drückt mit den Vorderpfoten dagegen. Das schaut so aus, als wolle er den Baum oder die Wand tatsächlich schubsen.

Wir begannen mit der Lektion in unserem Wohnzimmer. Ich ging mit unserem Chi-Mops zur Wand und hielt ihm ein Leckerli vor seine Nase. Er konnte einfach nicht widerstehen. Nun führte ich das Leckerli an die Wand und hielt es höher, als Bennys Kopf reicht. Um nun dieses verflixte Fleischwürfelchen zu erhaschen, blieb ihm nichts anderes übrig, als sich aufzurichten. Zum Glück stand er ja an der Wand, so konnte er also seine Vorderpfoten dagegenstemmen. Sobald die Pfoten die Wand berührt hatten, ertönte das „Top" und die Belohnung verschwand in seinem Mäulchen.

Wir übten immer und immer wieder. Nach wenigen Tagen hatte er die erste Stufe der Übung geschafft. Sobald ich das verführerische Minifleischstückchen an die Wand hielt, stellte er sich aufrecht und drückte mit beiden Vorderpfoten gegen die Wand.

Nun kam Schritt zwei. Das Ganze ohne Lockmittel. Ich führte die leere Hand zur Wand und wenn dann mein Schubs-Schüler seine gewünschte Position erreicht hatte, hörte er „Top" und erhielt aus meiner Hosentasche eine Belohnung. Auch das klappte hervorragend. Bisher war das Wort „Schubs" noch nicht gefallen.

Nun rief ich zu Beginn der Übung das Wort „Schubs". Nach und nach setzte ich meine Handbewegungen immer spärlicher ein. Nach ein oder zwei Wochen lief es dann auch ohne Fingerzeig. Ein „Schubs" aus meinem Munde genügte und Benny stellte sich an die Wand und schubste kräftig. Aufgrund seiner Stirnfalten konnte man seiner Mimik entnehmen, dass er äußerst ernsthaft bei der Sache war.

Das Schubsen wurde während unserer Streifzüge durch die Nachbarschaft selbstverständlich auf Bäume, Laternenmasten und Zäune ausgedehnt. Gelegentlich wunderten sich Passanten über einen mopsähnlichen kleinen Hund, der mit ernster Miene eine Laterne schubste. Der Sinn des Ganzen war ja, dass die Übung generalisiert werden sollte. Das „Schubs" sollte also an möglichst vielen verschiedenen Orten und unter sich immer wieder ändernden Bedingungen erledigt werden.

Es konnte nun auch, wie bereits die „Acht", als Ablenkung eingesetzt werden, falls ein Feind sich ankündigte. Denn Feinde gab es noch immer. Aber sie wurden weniger.

Beim „Schubs-Training" achtete ich im Laufe der Zeit darauf, dass der Abstand zur Wand immer größer wurde. Letztlich genügte ein Fingerzeig, verbunden mit dem

„Schubs" und er rannte zur Wand und tat das, was zu tun war.

Parallel zu „Schubs" trainierten wir noch „Rund". Dieses Kommando ähnelt im Aufbau der „Acht". Bei der „Acht" läuft Benny zwischen meinen Beinen hindurch. Bei „Rund" muss er einmal um mich herumlaufen. Die verschiedenen Übungsstufen hatte ich ja bereits geschildert. Das Grundprinzip blieb. Zuerst die Übung mit Leckerli in der Hand, dann ohne Leckerli, anschließend das Kommando und zum Schluss der schrittweise Abbau der Handbewegung.

Pauline schaute regelmäßig bei uns vorbei, erkundigte sich nach dem Fortschritt unserer Arbeit und gab nützliche Hinweise, falls etwas nicht ganz rund lief. Sie fand, dass Benny und ich als Team hervorragend harmonierten.

Die Anzahl der Befehle, die Benny jetzt schon befolgen konnte, sollte stetig zunehmen. Welches Kommando er zu erledigen hatte, bestimmte bisher ich. Pauline schlug vor, gelegentlich Benny selbst entscheiden zu lassen, welche Übung er machen möchte. Pauline war davon überzeugt, dass unser Lehrling das schaffen würde.

In der Folgezeit fragte ich vor jeder Übung: „Benny, was kannst du?" Danach wurde die Übung, so wie er sie gelernt hatte, absolviert. Gebetsmühlenartig kam immer wieder zuerst die Frage: „Benny, was kannst du?", dann folgte die Ausführung.

Der Erfolg stellte sich natürlich nicht von heute auf morgen ein. Es dauerte schon eine gewisse Zeit. Aber irgend-

wann war die Verknüpfung da. „Benny, was kannst du?"
Benny lief zur Wand und schubste kraftvoll und mit ernster Miene. Offenbar war dies seine Lieblingsdisziplin. Er führte auch die „Acht" vor oder lief „Rund", aber das „Schubs" hatte es ihm am meisten angetan.

Das „Schubs" eignet sich vorzüglich als Ablenkungsmanöver für den Fall, dass ein Feind auftaucht. Wenn ich, was ich häufig tat, mit Benny in den Weinbergen auf der gegenüber von Andernach liegenden Rheinseite unterwegs war, konnte ich die Übung gezielt einsetzen.

Wenn ein fremder Hund sich näherte, folgte das „Schubs". Benny stellte sich dann an eine Weinbergmauer, schubste kräftig und wartete auf seine Belohnung. Ein erfahrener Hundeführer erkennt solche Situationen und führt seinen Hund dann schnell an der Stelle vorbei und alles ist gut.

Es kam allerdings auch vor, dass Herrchen oder Frauchen mit Hundebegleitung stehen blieben und interessiert oder amüsiert zuschauten. Dann kam natürlich zwangsläufig irgendwann der Zeitpunkt, an dem der Mauer-Schubser, wie man so schön sagt, die Nase voll hatte. Das war dann eine Gelegenheit für ihn, mal wieder richtig zornig zu werden. Da half auch das schönste „Schubs" nichts mehr.

In der „Rambo-Passage" leistet das „Schubs" wertvolle Dienste. Auf dem gegenüberliegenden Grundstück von Rambos Garten befindet sich eine niedrige Mauer. Hier muss Benny mehrmals schubsen und schon ist der Spuk vorüber. Es gibt aber hier auch Ausnahmen. Falls Rambo zu viel Krawall veranstaltet, dann sieht auch Benny einen treffenden Grund, ein paar zornige Bemerkungen in dessen Richtung zu senden.

Die Übungen, die unser kleiner Streber mittlerweile im Repertoire hatte, saßen tadellos. Allerdings sah er bisher noch keinen Grund, die Kommandos auszuführen, wenn sie von meiner Frau ausgesprochen wurden. Wir hatten das ebenso häufig wie erfolglos versucht. Er nimmt von meiner Frau alles an, nur keine Befehle.

16. Schwimmunterricht

An einem schönen Sommermorgen – unser in Teilbereichen bereits gut erzogener Nasenmops war nun schon neun Monate alt – beschlossen wir beim Frühstück: Wir nutzen das herrliche Wetter, packen unsere Vierbeiner ins Auto und fahren in die Eifel.

Geplant war eine Fahrt zu dem idyllisch gelegenen Meerfelder Maar. Um diesen kleinen See, eingebettet in einer Bilderbuchlandschaft, führt unmittelbar entlang des Ufers ein gut begehbarer Rundweg. Die Runde ist in einer Stunde locker zu schaffen. Eine solche Distanz geht nach Luises Maßstäben schon in Richtung Ultramarathon.

Auf solche Fälle waren wir bereits seit geraumer Zeit bestens vorbereitet. Wir hatten für Luise einen Hundebuggy angeschafft. Ein solcher Buggy ist nichts anderes als ein Kinderwagen für Hunde. Optisch kann er durchaus mit einem solchen verwechselt werden. Dieser fahrbare Untersatz bietet sich für längere Spaziergänge an. Er eignet sich auch vorzüglich für einen ausgedehnten Stadtbummel. Luise thront dann in ihrem Buggy, stolz wie Queen Mum, und zieht die neugierigen und zum Teil auch amüsierten Blicke der Passanten auf sich.

Auf dem Parkplatz am Meerfelder Maar angekommen, luden wir die Hunde nebst Buggy aus dem Auto und starteten unsere Runde. Anfangs lief Luise noch munter mit. Bald kam aber das Ritual, das wir bereits hinlänglich kannten. Das alte Mädchen setzte sich hin und schaute sehnsüchtig hoch zum Buggy. Nun war der Zeitpunkt gekommen, an dem Madame die Kutsche nehmen wollte.

Luise wurde also ab jetzt durch die traumhafte Postkartenidylle chauffiert. Benny lief leinenlos munter neben uns über saftige Wiesen hin und her. So weit man schauen konnte, waren keine Feinde in Sicht.

Unser kleiner Pöbelmops kannte das Milieu Wasser natürlich schon von unseren Spaziergängen durch verschiedene Bachtäler. Dort stellte er sich auch gerne gelegentlich ins Wasser. Es fand sich bisher jedoch noch keine Gelegenheit, die ihn zum Schwimmen hätte animieren können.

Das Maar, das wir umrundeten, bot an verschiedenen seichten Abschnitten immer wieder Möglichkeiten zum „Wassertreten". Diese wurden von Benny dankbar angenommen. Es machte ihm sichtliches Vergnügen, übermütig durch das knöcheltiefe Wasser zu springen. Zudem war es eine willkommene Abkühlung bei jetzt doch schon recht hohen sommerlichen Temperaturen.

Ups! Unser Schwimmschüler war untergetaucht. Eine Stelle, die dann doch etwas tiefer war, hatte er beim Toben nicht bemerkt und, schwups, war er weg. Das brachte uns zu der neuen Erkenntnis: Benny kann tauchen! Allerdings nur wenige Sekunden. Dann erschien er wieder an der Wasseroberfläche und schwamm, als hätte er in seinem Leben nie etwas anderes getan, eine kleine Runde, um dann, stolz wie Oskar, wieder zu uns zu kommen. Queen Mum hatte das Wasserballett von ihrer Kutsche aus beobachtet. Was ihren wachen Augen dort geboten wurde, kannte sie bisher noch nicht. Mit dem Thema Wasser hatte sie sich in ihrem jetzt doch schon recht langen Leben noch nie ernsthaft befasst. Und dann dies. Sie machte unmissverständlich klar, ihren Buggy verlassen zu wollen.

Meine Frau hob Queen Mum aus ihrer Sänfte und setzte sie an das seichte Ufer. Tatsächlich tastete sich Luise vorsichtig und in Zeitlupentempo ins kühle Nass. Nach wenigen Schrittchen legte sie sich der Länge nach hin und genoss sichtlich die Abkühlung. Benny sprang übermütig um sie herum und hatte ebenfalls seine helle Freude.

Nach dem Schwimmunterricht und der willkommenen Abkühlung ging es dann weiter. Der Ausflug hatte sich in mehrerlei Hinsicht gelohnt. Benny hatte Schwimmen gelernt, Luise in ihrem hohen Alter ihre Scheu vor Wasser abgelegt und wir genossen die kulinarischen Angebote eines am Maar gelegenen vorzüglichen Restaurants.

17. Der Alltag

Die Zeit verstrich, und unser Nasenmops bereicherte täglich, im wahrsten Sinne des Wortes, unser Leben. Manchmal fragten wir uns, wie langweilig doch unser Leben vor Bennys Ankunft gewesen sein musste.

Im Laufe der Zeit hatte sich ein gewisser Rhythmus eingependelt. Morgens und abends machten meine Frau oder ich eine kleine gemeinsame Runde mit Luise und Benny in unmittelbarer Nähe unseres Hauses. Das war, wenn man so will, ein Social-Walk im engsten Familienkreis. Für Luise reichte das. Das lag sowohl an ihrem Alter als auch an ihrem Naturell. Auch in jungen Jahren war sie mehr in Richtung Sofa als in Richtung Natur orientiert. Nun war sie alt und eine Bewegungslegasthenikerin. Ihr genügte ein Radius von etwa einem Kilometer rund um unser Haus.

Bei diesen Morgen- und Abendrunden durften die beiden, sofern die Gegebenheiten dies zuließen, von der Leine. Benny schaffte es immer wieder, Luise zu kurzen Sprints zu animieren. Beide hatten ihre Freude daran. Aus Sicht von Luise galt das vermutlich als Hochleistungssport.

Das Kraftpaket Benny war mit diesen Heimrunden natürlich nicht ausgelastet. Nach der Mittagspause, die wir regelmäßig im Gleichklang schnarchend auf der Couch verbringen, ging es ab mit dem Auto in die nähere Umgebung. Seien es nun die Weinberge in Leutesdorf, das idyllische Aubachtal bei Neuwied oder das romantische Nettetal. Ich ließ und lasse mir immer wieder eine neue und somit für Benny interessante Route einfallen. Täglich ein paar Kilometer in der freien Natur tun uns beiden gleichermaßen gut. Später, mit zunehmendem Alter meines kleinen Wandermopses, gesellten sich ausgedehnte Wanderungen hinzu.

Selbstverständlich hatte sich auch Bennys Repertoire erweitert. Neben

- Sitz
- Hier
- Acht
- Rund
- Schubs

beherrschte unser Musterschüler im Laufe der Zeit

- Steh
- Fuß
- Bleib
- Platz
- Pfötchen
- Nimm

Bei „Nimm" muss er apportieren, das heißt, ein Spielzeug, das ich wegwerfe oder verstecke, zu mir zurückbringen. Auf diese Übung werde ich an anderer Stelle zurückkommen, wenn es darum geht, Spielsachen aufzuräumen.

Die Zahl seiner Spielsachen ist kaum noch zu überblicken. Allerdings wird sorgfältig unterschieden, ob dem

Spielzeug ein Name zugeordnet ist oder ob es namenlos ist. Das Namenlose wird in einem Korb aufbewahrt.

Daneben gibt es noch eine Kiste. Darin sind:

- King
- Kong
- Grün
- Blau
- Ball
- Flummi
- Muh
- Lupo
- Knussel
- Farbtafeln

Den Sinn der Kiste und die Bedeutung der auf den ersten Blick eigenartig klingenden Spielzeugnamen werden Sie als Leser an anderer Stelle noch erfahren.

Benny wuchs recht schnell und hatte nach einem Jahr fast seine endgültige Größe, die etwa der eines kleinen Mopses entspricht, erreicht. Damit einhergehend entwickelte sich, das versteht sich von selbst, auch seine Sprungkraft. Nun stellte ein Sofa kein Hindernis mehr dar. Als ihm zum ersten Mal der Sprung auf die Couch gelang, setzte er sich voller Stolz neben mich. Ich hatte den Eindruck, er wolle das Sofa nie mehr verlassen.

Bennys Schlafkiste wurde jetzt auch entbehrlich. Es war leicht für ihn, aus dieser herauszuspringen. In einer Übergangsphase hatte Benny sich mit einem Kissen neben meinem Bett als Schlafstelle abgefunden. Als er aber nach detektivischer Kleinarbeit herausfand, dass im Bett auch Kissen sind, erachtete er das Kissen neben dem Bett als überflüssig.

Im Gegensatz zu Luise, die nur meine Frau als Chefin akzeptiert, fährt Benny zweigleisig. Aus seiner Sicht ist meine Frau für die Verpflegung und Körperpflege zuständig. Ich bin für ihn der Spiel-August und Freizeitgestalter. Allerdings ist er noch immer in starkem Maße auf mich fixiert. Er begleitet mich weiterhin, mit Ausnahme zu den Fütterungszeiten, durch die Wohnung, hockt neben meinem Schreibtisch oder wir sitzen gemeinsam auf dem Sofa und schauen Fußball. Vorzugsweise dient ihm mein Schoß als Sitzgelegenheit. Diese Angewohnheit hat er wohl Flöckchen abgeschaut.

Flöckchen hat er in sein Herz geschlossen. Umgekehrt ist es nicht anders.

Wenn ich im Tierheim zu tun hatte, nahm ich gelegentlich meinen Nasenmops mit. Bereits beim Aussteigen registrierte ich dessen Aufregung und Vorfreude. Das Tierheim, das ja einen Teil seiner Kindheit wesentlich prägte, hatte er positiv verknüpft. Benny freute sich immer riesig, wenn er seine früheren Betreuerinnen, Meike und Kerstin, begrüßen durfte.

18. Fußball

In Bennys Leben gab es bisher keinen einzigen Tag, an dem er ohne sein Herrchen hätte aufwachen müssen. Er musste niemals längere Phasen ohne meine Dienste überstehen. Ich war stets an seiner Seite. Natürlich verließ ich das Haus öfters schon einmal für ein paar Stunden. Damit konnte er problemlos umgehen. Ich hatte ihm schon frühzeitig, während seiner Welpenphase, das kurzfristige Alleinsein vermittelt.

So ganz allein war er ja fast nie. Flöckchen ist eine reine Wohnungskatze. Sie steht somit rund um die Uhr, vierundzwanzig Stunden am Tag, zu seiner Unterhaltung und Ablenkung zur Verfügung. In der Regel ist auch Luise bei ihm. Die Ausnahme bilden im Grunde nur Luises Tierarztbesuche, an denen der Nasenmops nicht teilnimmt.

Nun ist es so, dass ich seit vielen Jahren Mitglied eines Münchener Fußballclubs bin. Eine solche Mitgliedschaft bringt selbstverständlich auch gewisse Verpflichtungen mit sich. Dazu gehört zum Beispiel, dass man sein Team als Zuschauer unterstützen sollte. Aus diesem Grund fahre ich häufig gemeinsam mit einem Freund nach München, um den Jungs den notwendigen Beistand zu leisten. Solche „Support-Reisen" ziehen sich über zwei Tage.

Aus Rücksicht auf Benny hatte ich bisher auf den Besuch verschiedener Bundesligaspiele verzichtet. Nun aber ging die Champions-League in ihre heiße Phase. Jetzt brauchte die Mannschaft unbedingt meinen Beistand.

Das Spiel war an einem Mittwochabend. Ich packte morgens nach dem Frühstück meine Reisetasche. Das kannte unser Schubser noch nicht und er beäugte daher die Aktion mit einer Portion Argwohn. Gegen elf Uhr verließ ich, natürlich nicht ohne Benny vorher herzhaft gedrückt zu haben, unser Haus.

Von meiner Frau erfuhr ich später, dass Benny in den ersten Stunden meiner Abwesenheit kein ungewöhnliches Verhalten an den Tag legte. Schließlich war er es ja gewöhnt, dass ich für ein paar Stunden das Haus verlasse. Als meine Frau aber mit ihm die Nachmittagsrunde, die er bisher immer mit mir gelaufen war, gehen wollte, wurde er stutzig. Er verließ nur widerwillig unser Haus. Nach der Rückkehr wurde dann unsere Wohnung in jedem Winkel nach dem Spiel-August abgesucht.

Abends beim Fernsehen lief Benny immer wieder in den Flur und schaute nach, ob sich an der Haustür etwas tat. Er fand keine Ruhe.

Die Nacht verbrachte mein verlassener Nasenmops dann auch nicht, wie sonst üblich, im Schlafzimmer. Er hatte das Kissen im Flur als Schlafstätte oder vielleicht auch als Beobachtungsposten gewählt.

Als der kleine Kerl am nächsten Tag von seiner Morgenrunde zurückkehrte, wurde selbstredend wieder das ganze

Haus inspiziert. Wo bleibt denn der Spiel-August? Unser Chi-Mops wurde während des ganzen Tages von einer latenten Unruhe getrieben.

Als ich dann nachmittags eintraf, war die Begrüßung unbeschreiblich. Benny sprang an mir hoch, bellte und quiekte. Nachdem ich ihn auf die Arme genommen hatte, vollzog er eine komplette Gesichtswäsche. Er wählte das ganz große Programm. Auf den Boden abgesetzt, ließ er mich nicht mehr aus den Augen.

Ich verfrachtete Benny ins Auto, und wir fuhren hinüber auf die andere Rheinseite ins idyllische Engelsbachtal. Obwohl er nicht angeleint war, wich er nicht von meiner Seite. Dies tat er auch nicht, als wir wieder nach Hause kamen. Den Abend verbrachte er ausschließlich auf meinem Schoß.

19. Weitere Übungen

Mit meinem lernbegierigen Chi-Mops studierte ich, in Absprache und Zusammenarbeit mit Pauline, weitere Übungen ein. Mittlerweile konnte Benny auch zwischen rechts und links unterscheiden. Bei „Links-Herum" vollführt er eine volle Linksdrehung. Bei „Rechts-Herum" geht's andersherum. Rechts, links, links, links, rechts, links und so weiter. Das beherrscht der kleine Künstler in Vollendung. Der Trainingsansatz war in seiner Grundstruktur den bisherigen Übungen ähnlich. Zuerst wurde das Leckerli in die gewünschte Richtung geführt. Dann folgte diese Übung ohne Belohnung in der Hand. Danach gesellte sich das Kommando hinzu und zum Schluss wurde die Handführung nach und nach abgebaut.

Benny gibt mir selbstverständlich auch die „Fünf". Er sitzt dann neben mir auf dem Sofa und schlägt seine linke Vorderpfote in meine aufgerichtete rechte Hand. Ich muss wohl nicht erwähnen, dass das kleine Schlitzohr mir auch sein „Pfötchen" reicht. In seinem reichhaltigen Programm befindet sich neben der „Fünf" auch die „Zehn". Hierbei sitzt Benny hinter mir auf dem Boden. Ich öffne meine Beine nur so weit, dass er sich hindurchzwängen kann. Nun setzt er sein rechtes Vorderpfötchen auf meinen rechten Fuß und das linke Vorderpfötchen auf meinen linken Fuß, während er zu mir aufschaut.

Eine Nummer, die mein kleiner Artist mit sichtlicher Begeisterung in Szene setzt, ist „Slalom". Bei dieser Darbietung gehe ich, je nach Laune, geradeaus oder in Schlangenlinien. Benny folgt mir zwischen den Beinen hindurch und benutzt diese wie Slalomstangen.

Auch wenn diese Übung auf den Betrachter locker und leicht wirkt, wird hier von beiden Akteuren eine ungeheure Konzentration abverlangt. Sollte ich versehentlich auf eines von Bennys Pfötchen treten, hätten wir eine negative Verknüpfung, die das unwiderrufliche Ende der Befolgung dieses Kommandos bedeuten könnte. Der „Slalom" übrigens eignet sich hervorragend, um Feinden, die einem in Wald und Flur in die Quere kommen, aus dem Weg zu gehen.

Wie ich an anderer Stelle bereits erwähnt hatte, gehört auch das „Nimm" zu den Aufgaben, die unser Nasenmops gerne erledigt. Wenn Benny dieses Kommando hört, ist Apportieren angesagt. Dabei unterscheiden wir zwei Varianten. Ich werfe entweder den Flummi oder ein anderes Spielzeug weg und mein artiger Schüler bringt es zu mir zurück. Dieses Zurückbringen bedeutet: Benny legt den Flummi in meine geöffnete Hand.

Die zweite Möglichkeit sieht vor, dass ich Benny in die „Platz-Position" bringe. In diesem Beispiel geschieht das im Wohnzimmer. Dann zeige ich ihm ein Spielzeug, sage „Bleib" und entferne mich von ihm. Ich verstecke das Teil in der Küche oder in einem anderen Raum und gehe zu ihm zurück. Nun erfolgt das „Nimm" und Benny flitzt los, sucht seine Beute, kommt zurück und legt das Spielzeug in meine Hand. Wie immer wird jede erfolgreiche Darbietung mit „Top" und einer Belohnung honoriert.

Als nächster Befehl stand das Aufräumen auf dem Stundenplan. Ziel dieser Übung ist, dass Benny die Spielzeuge, deren Namen (Blau, Ball, Grün, Flummi, Knussel, Lupo usw.) er schon verknüpft hatte, in eine eigens dafür bereitgestellte Kiste wirft.

„Grün-Kiste" bedeutet also, er muss den Grün in seinen Fang nehmen, zur Kiste bringen und dort hineinwerfen. Mancher mag sich jetzt fragen, was ein Grün ist. Die Frage erscheint mir berechtigt und ist einfach zu beantworten. Der Grün ist ein grüner Ball. Da einer der vorhandenen Bälle (aus Kordel geflochten) schon als Ball markiert ist, wurde der grüne Ball einfach als „Grün" bezeichnet. Ähnlich erging es dem blauen Ball, der nun als „Blau" durch Bennys Leben rollt.

In der Mitte unseres Wohnzimmers wurde die Kiste, deren Rand lediglich zehn Zentimeter hoch ist, aufgestellt. Wir begannen aus gutem Grund mit dem Knussel. Ein Grund ist, dass er das Teil gut im Fang halten konnte. Zudem blieb der Knussel, wenn er in die Kiste fiel, auch dort. Ein Ball oder der Flummi wären unter Umständen wieder herausgesprungen. Ich warf den Knussel mit dem Befehl „Nimm" fort. Dann hielt ich meine rechte Hand über die Kiste. Benny rannte los, apportierte den Seilknochen auftragsgemäß und wollte ihn, wie er es gelernt hatte, in meine Hand legen. Kurz bevor es soweit war, zog ich meine Hand weg. Der Knussel fiel in die Kiste. Sofort kam das „Top" und anschließend unmittelbar „Kiste". So ging es in dem gewohnten Muster weiter.

Die lauen Sommerabende luden abends zum Training auf der Terrasse ein. Als den Sommer die Kräfte verließen, war die „Kiste" erledigt. Nun räumt der kleine Streber, nach entsprechender Aufforderung, auf. Ich verstreue seine Spielsachen im Wohnzimmer und dann geht's los. „Flummi-Kiste", „Blau-Kiste", „Knussel-Kiste" und so weiter. Alle Spielsachen werden von unserem hochbegabten Halbmops an den dafür vorgesehenen Platz geräumt.

20. Mausetot

Ich drehte mit meinem kleinen Wandermops wieder einmal eine schöne ausgedehnte Nachmittagsrunde im unbeschreiblich schönen Aubachtal. Es war Frühling und die Natur explodierte. Wir durchschritten das weitläufige Tal. Eine Orgie verschiedener Grünfärbungen umhüllte uns. Neben uns plätscherte der Aubach, der dem Tal seinen Namen gab. Ich hatte den Nasenmops von der Leine gelassen. Benny lief auf dem breiten Waldweg neben mir her. In dem Laub am Wegrand raschelte es von Zeit zu Zeit äußerst verdächtig. Mein kleiner Weltentdecker wusste dies einzuordnen. Er war schließlich nicht zum ersten Mal hier. Die Mäuse erregten stets sein besonderes Interesse. Die Mäusesuche war eine wirklich spannende Angelegenheit, die seine volle Aufmerksamkeit verlangte. Allerdings war die Jagd in der Vergangenheit noch nie von Erfolg gekrönt.

Da! Wieder ein Rascheln. Unser Mäusejäger sprang unversehens ins Laub und wühlte seine Nase tief hinein. Er schniefte und schnaufte. Und tatsächlich, eine kleine Maus zuckte und zappelte in seinem Mäulchen. Sie zappelte nicht mehr lange. Er biss einmal kräftig zu und die arme kleine Maus hauchte ihr bisher so glückliches Leben in dem ansonsten friedvollen Aubachtal aus. Der kleine Nager tat mir unendlich leid. Benny aber war total aus dem Häuschen.

Er beroch sein Opfer von allen Seiten, drehte es mehrmals um, nahm es in seinen Fang und warf es hoch. Es sah nach einem Spiel aus, an dem die Maus kein Interesse zeigte. Spielverderber! Er ließ seine Beute nicht aus den Augen. Nachdem ich schon ein Stückchen weitergegangen war, blickte er kurz zu mir herüber. „Hier", rief ich und der kleine Mausmörder rannte sofort zu mir. Dann wollte ich den Weg fortsetzen. Benny aber nicht.

Er lief wieder zurück, um sein Opfer einer nochmaligen Beschau zu unterziehen. Also nochmals: „Hier" Mein Halbmops folgte dem Kommando. Dann „Top" und Belohnung und weiter ging es durch das Tal der toten Mäuse. Auf dem Rückweg vollzog Benny an der noch immer dort liegenden Maus ein paar Schnuppereinheiten. Mittlerweile ist es selbstverständlich, dass ich mich mit meinem nicht ganz so großen Hund unterhalte. Er versteht ja alles. „Benny, wir nennen diesen Ort fortan Mausetot." Ich hatte den Eindruck, er wusste sehr genau, was gemeint war.

Immer, wenn wir an dieser Stelle vorbeikommen, entfaltet der kleine Jäger seinen vollen Jagdtrieb. Wenn dann noch das Wort „Mausetot" fällt, ist er nicht mehr zu bremsen.

21. Der erste Urlaub

Wenn es um das Thema „Urlaub" geht, können Flöckchen und Luise auf einen großen Erfahrungsschatz zurückgreifen. Ja, Sie lesen schon richtig. Flöckchen ist eine Reisekatze. Wenn wir in Urlaub fahren, dann ist das ein Familienausflug im wahrsten Sinne des Wortes. Da dürfen alle mitkommen.

Solche Familienausflüge sind für denjenigen, der packen und das Auto beladen muss, für mich also, eine logistische Herausforderung. Jetzt also zwei Hunde! Katzentransportbox, Katzenklo, Katzenstreu, Hundedecken und Handtücher, Näpfe, Futter und Spielzeug sind nur ein Teil des Gepäcks. Die Tiere selbst nehmen den gleichen Platz in Anspruch wie menschliche Wesen. Hinzu kommt, dass meine Frau und ich nach Möglichkeit auch etwas, wenn auch nur das Allernötigste, mitführen möchten. Angesichts des benötigten Ladevolumens versteht es sich von selbst, dass unser Fahrzeug etwas größer sein muss, als dies normalerweise für ein allein reisendes, älteres Ehepaar angebracht erscheint. Unser großes Fahrzeug ist jedoch in dem Fall kein Ausdruck von Protz oder Angeberei, sondern reine Notwendigkeit.

Benny war von Anbeginn dieses große Auto gewöhnt. Wenn er, aus welchem Grund auch immer, im Kleinwagen meiner Frau fahren soll, wehrt er sich mit Händen und Füßen beziehungsweise Vorder- und Hinterpfoten.

Er will partout nicht dort einsteigen. Es bedarf schon sanfter Gewalt, ihn im Kleinwagen zu verstauen. Aber dies nur am Rande.

Wegen des tierischen Anhangs fliegen wir naturgemäß nicht in Urlaub, sondern bereisen mit dem Auto eines der schönsten Länder dieser Erde: Deutschland. Nach Möglichkeit wohnen wir in einem Ferienbungalow mit eingezäuntem Garten.

Wenn dies einmal nicht möglich sein sollte, nehmen wir ausnahmsweise ein Hotel. In solchen Fällen wählen wir eine Suite. Dies geschieht nicht, weil wir einen besonderen Luxus genießen möchten, sondern weil diese wesentlich geräumiger ist. Mit zwei Hunden und einer Katze in einem kleinen Hotelzimmer zu verbringen, wäre kein Urlaub, sondern eine Zumutung für Mensch und Tier.

Unser Nasenmops war nun bereits über anderthalb Jahre alt und konnte sich mittlerweile auch halbwegs benehmen. Da wir längere Zeit nicht mehr verreist waren, sollte nun Bennys erster Urlaub in Angriff genommen werden.

Wir waren uns sicher, dass er von Luises vielfältigen Reiseerfahrungen nur profitieren könnte. Es fand sich ein sehr schönes Hotel in Bad Mergentheim, unmittelbar an dem herrlichen, weitläufigen Kurpark gelegen. Die Meteorologen prognostizierten Traumwetter. Also buchten wir kurzfristig eine Suite.

Nachdem ich die Packorgie wieder einmal erfolgreich hinter mich gebracht hatte, konnte es losgehen. Benny und Luise saßen auf der Rückbank. Sie hatten ihre

Brustgeschirre an und diese wiederum waren an den Sicherheitsgurten fixiert. Zwischen den Fellnasen stand die Transportbox, in der Flöckchen lag. Flöckchen ist auch heute noch der Meinung, sie müsse während der ersten Viertelstunde nach Fahrtbeginn ein Miau-Konzert zum Besten geben. Wahrscheinlich merkt sie dann von selbst, dass das Konzert von den übrigen Insassen ignoriert wird. Beleidigt hüllt sie sich dann in Schweigen und geht zum Schönheitsschlaf über. So auch dieses Mal wieder.

In wenigen Stunden hatten wir unser Ziel erreicht.

Spätestens, wenn ich das Auto leergeräumt und den ganzen Krempel ins Hotelzimmer geschleppt habe, merke ich: Ich bin urlaubsreif. Das war jetzt auch nicht anders. Anschließend dekorierten wir unsere Suite noch haustiertauglich.

Das bedeutet: Sofas und Sessel wurden mit Tüchern abgedeckt, damit sie von Hunde- und Katzenspuren verschont blieben. Zwei Schlafkissen für die Tiere wurden an passender Stelle platziert. Ein Katzenklo stand nun auf dem Balkon. Der Fachmann weiß, warum. Das zweite Katzenklo war im Gäste-WC zu besichtigen. Flöckchen wurde über die Standorte eingehend informiert. Der Wassernapf erhielt eine wasserfeste Unterlage, damit das Parkett nicht leiden musste.

Nachdem die Koffer ausgeräumt waren, ging es ab in den Kurpark. Nach einer ausgiebigen Runde brachten wir Luise und Benny zurück ins Hotel. Wir wollten nun ausprobieren, wie sich die zwei während unserer Abwesenheit verhalten würden. Für Luise war dies nichts Neues. Für den kleinen Pöbel-Mops schon. Aber wir hatten ein gutes Gefühl. Nachdem wir Luise, Benny und Flöckchen mit Leckerlis bestochen hatten, schlossen wir die Zimmertür und setzten uns auf die Hotelterrasse. Dort genossen wir bei strahlendem Sonnenschein mit Blick auf den bezaubernden Kurgarten gigantische Eisbecher.

Von der Hotelterrasse konnte man hinauf zu dem riesigen Balkon schauen, der zu unserer Suite gehörte. Wir hatten die Balkontüren offen gelassen. Das Geländer war sehr engmaschig und daher für die Hunde absolut sicher.

Zudem sollte Flöckchen ja auch die Möglichkeit haben, das Freiluftklo aufsuchen zu können. Wir sahen und hörten keinen unserer tierischen Begleiter. Nach einer Weile gingen wir wieder zurück. An der Zimmertür lauschten wir. Es war nichts zu hören. Fein. Dann klappt das ja auch mit Benny schon vorzüglich!

Was allerdings nicht vorzüglich klappte, war meine Schlüsselkarte. Die Tür ließ sich nicht öffnen. Nun startete meine Frau mit ihrer Karte einen Versuch. Ebenfalls erfolglos. Ärgerlich! Ich ging hinunter zur Rezeption und schilderte der Concierge unser Problem. Nach ihrer Aussage war das für die Dame kein Problem. Sie war im Besitz einer Generalkarte. Damit machten wir uns gemeinsam auf den Weg zu unserer Suite. Die Concierge hegte offenbar Misstrauen in unsere Fähigkeiten als Türöffner. Sie versuchte deshalb zuerst, die Tür mit unseren Karten zu öffnen. Fehlanzeige! Selbstbewusst und in die Unfehlbarkeit ihrer Generalkarte vertrauend, schob sie ihre Karte in den dafür vorgesehenen Schlitz. Dann warteten alle auf das grüne Licht. Vergeblich. Nach mehreren Versuchen brach sie, nun etwas verunsichert wirkend, die Aktion ab. Von drinnen war eigenartigerweise immer noch nichts zu hören. Das wunderte uns umso mehr, als ja für die tierischen Insassen akustisch die „Einbruchsversuche" zu vernehmen waren.

Die nun nicht mehr ganz so selbstbewusste Dame erklärte uns, sie habe noch ein Spezialgerät in der Hinterhand. Mit dem ließe sich die Tür ganz bestimmt öffnen. Nach ein paar Minuten erschien die Frau mit einem kleinen Kästchen in der Hand wieder bei uns. Im Zimmer herrschte noch immer Ruhe. Das Kästchen wirkte technisch beeindruckend, da es viele Lämpchen und Tasten aufwies. Das Ergebnis beeindruckte jedoch weder uns noch die nun doch eher nervös wirkende, ehemals selbstbewusste Concierge. Unser Hinweis, dass in der Suite unsere beiden Hunde auf den zu dieser Stunde üblichen Gassigang warteten, trug nicht wirklich zu ihrer Beruhigung bei.

Nun musste der Direktor bemüht werden. Dieser wurde von der bis dahin leider erfolglosen Frau Brettschneider, so hieß unsere anfangs sehr selbstbewusste Dame, nach ausführlicher Darstellung des bisher Geschehenen, per Handy auf den Hotelflur gebeten. Herr Direktor Krumbiegel nahte stolzen und zügigen Schrittes. In weiser Voraussicht hatte Herr Krumbiegel den Hausmeister bereits verständigt, der dann fast zeitgleich, mit schwerem Werkzeug ausgestattet, eintraf.

Ich muss wohl nicht erwähnen, dass sowohl Herr Direktor Krumbiegel als auch der Hausmeister vergeblich das „Sesam-öffne-dich-Spielchen" versuchten.

Nun befassten sich die beiden schon mit dem Gedanken, das Schloss aufzubohren. Das wäre eine, darin waren sich beide einig, sehr teure Lösung geworden. Plötzlich kam Herrn Direktor Krumbiegel, übrigens ein sehr freundlicher Zeitgenosse, eine Idee. „Sind die Balkontüren der Suite geöffnet?", fragte er. Wir bestätigten dies. „Dann werde ich über eine Leiter hoch zum Balkon klettern, von dort ins Zimmer steigen und dann die Tür von innen öffnen."

Gesagt, getan. Der Hausmeister besorgte eine Leiter und Herr Direktor Krumbiegel stieg in seinem edlen, dunkelblauen Nadelstreifenanzug hoch zu unserem Balkon. Er erreichte das Geländer. Dann brach das Inferno aus. Zuerst stürzte laut bellend unser Nasenmops auf den Balkon. Benny war in höchstem Maße zornig. Aber sowas von zornig! Luise, die wie so oft von dem kleinen Teufel angestachelt worden war, folgte langsam, aber umso lauter kläffend. Jetzt hatte der nette Herr Direktor Krumbiegel, der, wie sich später herausstellte, mit Hunden nichts am Hut hatte, ein Problem. Er konnte nicht über das Geländer steigen. Aus seiner Sicht empfingen ihn dort zwei kleine zähnefletschende, blutrünstige Bestien, die nur darauf warteten, seine Waden oder, schlimmer noch, seinen schönen Nadelstreifenanzug zu ruinieren.

Also brach er die Aktion „Türöffnung" unverrichteter Dinge ab und stieg die Leiter hinab. Ich weiß nicht, ob das, was von seiner Stirn tropfte, Angstschweiß oder nur das Ergebnis dieser sommerlichen Hitze war. Der arme Kerl war jedenfalls schweißgebadet. Der Nadelstreifenanzug konnte anschließend der Hotelwäscherei übergeben werden.

Der Hausmeister hatte ein ähnliches Hundeproblem wie Herr Direktor Krumbiegel. Da ich nicht ganz schwindelfrei bin und meine Frau ohnehin für die wichtigen Aufgaben innerhalb der Familie zuständig ist, war klar, wer nun auf die Leiter steigt. Als meine Frau den Balkon erreichte, wurde sie von dem Trio (Flöckchen war zwischenzeitlich hinzugeeilt) freudig empfangen.

Die Prozession, bestehend aus Herrn Krumbiegel, Frau Brettschneider, dem Hausmeister und mir, nahm ihren Weg zur Eingangstür der Suite, die meine Frau bereits von innen geöffnet hatte.

Mit Zustimmung der Hunde traten wir ein. Herr Krumbiegel schaute sich um und registrierte die von uns vorgenommenen „Einrichtungsschutzmaßnahmen". Er überschüttete uns mit Lob. „Ach, wären doch alle Gäste so rücksichtsvoll wie sie", seufzte er.

Die „Sesam-öffne-dich-Affäre" war ihm in hohem Maße unangenehm, ja sogar peinlich. Das spürte man deutlich. Er entschuldigte sich in aller Form und bot Wiedergutmachung an. Diese Wiedergutmachung bestand aus einem mehrgängigen Candle-Light-Dinner, zu dem er uns an einem Tag unserer Wahl einlud.

Wir verließen nun mit den beiden Wachhunden unser Zimmer, um den längst überfälligen Gassigang hinter uns zu bringen. Währenddessen tauschte der Hausmeister die Schließanlage aus und hinterlegte an der Rezeption die entsprechenden Codekarten. Nach unserer Rückkehr wurden uns diese von Frau Brettschneider ausgehändigt. Die Schließanlage funktionierte während der nächsten Tage tadellos.

Zwei Tage nach der „Sesam-öffne-dich-Affäre" genossen wir abends das von der Hotelleitung spendierte Candle-Light-Dinner. Die Küche hatte sich mächtig ins Zeug gelegt. Nach einem Gläschen Champagner zur Begrüßung folgte ein delikater Gang nach dem anderem, jeweils begleitet von einem damit harmonierenden, edlen Wein. Nach dem köstlichen Dessert gesellte sich Herr Krumbiegel zu uns. Er erkundigte sich freundlich, ob denn alles zu unserer Zufriedenheit gewesen sei. Dies konnten wir nur bestätigen.

Wir lobten den Koch und die Bedienung in den höchsten Tönen. Dann folgte der übliche Small Talk. In dessen Rahmen kam aus dem Munde von Herrn Krumbiegel die Frage aller Fragen: „Sagen Sie doch bitte. Dieser kleine, mopsähnliche Hund, der mich oben auf dem Balkon empfing, welcher Mix ist das?"

„Tja, mein lieber Herr Krumbiegel. Benny ist der Vertreter einer besonders seltenen und edlen Hunderasse, nämlich des Nasenmopses." Danach folgten meine detaillierten Ausführungen, die auch andere Fragesteller schon über sich haben ergehen lassen müssen. „Ups", antwortete Herr Krumbiegel, „da bin ich wohl böse in ein Fettnäpfchen getreten, sorry!" An dieser Stelle tat mir der Herr Direktor dann doch leid. Er hatte uns soeben mit diesem traumhaften Dinner verwöhnt. Das ging dann doch etwas zu weit. „War nur ein Scherz", sagte ich, „Benny ist das Produkt einer flüchtigen Beziehung zwischen einem Mops und einer Chihuahua-Hündin." Herr Krumbiegel lachte schallend.

Die restlichen Urlaubstage genossen wir bei herrlichem Urlaubswetter überwiegend in dem schattigen Kurpark.

Gelegentliche, unbedeutende Pöbelattacken von Benny störten den harmonischen Gesamteindruck des Urlaubs nicht wesentlich.

22. Benny ist weg

Bennys zweiter Sommer war einer von der Sorte, die den Freibadbetreibern Freudentränen in die Augen trieb. Die letzten Tage waren extrem heiß. Jeder Schmelzofen wäre ob solcher von der Sonne produzierten Hitzegrade vor Neid zu Eis erstarrt.

Es versteht sich von selbst, dass die noch nicht ganz so heißen Morgenstunden für den sonst üblichen Nachmittagsspaziergang genutzt wurden. Bei der Planung unserer Runden spielten die Faktoren Schatten und Wasser eine tragende Rolle. Es war Sonntag, und ich packte Benny in aller Frühe ins Auto. Wir fuhren nach Weißenthurm, ein Nachbarort. Dort wollten wir an der Nette, einem Flüsschen, das dort in den Rhein mündet, entlangmarschieren. Der Weg war kein Neuland für uns beide. Hier spendeten uns uralte Bäume ihre Schatten. Die Nette bot Benny mannigfache Möglichkeiten zur Abkühlung, die er auch gerne genoss. Das Auto wurde auf einem schattigen Parkplatz abgestellt, dann gingen wir los. Ein schmaler Pfad schlängelte sich entlang der Nette. Ich hatte Benny von der Leine gelassen, damit er, wenn es ihm danach war, sich in die „Fluten" stürzen konnte. Das tut er übrigens sehr gern. Im Wasser fühlt er sich wohl. Es waren keine Hunde oder Menschen zu hören oder zu sehen.

Was dann geschah, bleibt mir bis heute ein vollkommenes Rätsel. Ich habe schon recht häufig darüber gegrübelt, finde aber immer noch keine schlüssige Erklärung.

Aufgrund der Enge des Pfades lief Benny hinter mir her. Urplötzlich, von einem Augenblick zum anderen, rannte Benny, wie von der Tarantel gebissen, in einem Wahnsinnstempo zurück in die Richtung, aus der wir kamen. „Steh" und „Hier" wurden ignoriert und wahrscheinlich auch gar nicht registriert.

Unser Nasenmops hatte aus mir unerklärlichen Gründen Reißaus genommen. Mein erster Gedanke war: „Er läuft, warum auch immer, zurück zum Auto!" Also begab ich mich schnellen Schrittes dorthin.

Als ich das Fahrzeug erreicht hatte, war weit und breit kein Chi-Mops zu sehen. Ein Anwohner, der uns beim Aussteigen bereits beobachtet hatte, erklärte mir: „Ihr Hund ist nach dort gerannt." Dabei zeigte er in die Richtung des Andernacher Freibades. Nun stieg Schweiß auf meine Stirn. Auslöser dieses Schweißausbruches war weniger die langsam aufsteigende Hitze als die Tatsache, dass in der gezeigten Richtung die viel befahrene Bundesstraße 256 die Agrarlandschaft durchschneidet und die vierspurige Bundesstraße 9 verläuft.

So ein Mist! Ich stieg ins Auto und fuhr langsam von Weißenthurm in die Richtung des Freibades nach Andernach. Rechts und links der Straße lagen abgeerntete Felder. Obwohl Benny sehr klein war, hätte ich ihn dort sehen können. Es war kein Nasenmops in Sicht. Am

Schwimmbad angekommen, schaute ich mich nach allen Seiten um. Fehlanzeige!

Über mein Mobiltelefon rief ich in unserem Tierheim an. Meike, die Mitarbeiterin, die Benny als Welpe betreut hatte, hob den Hörer ab. Mit zittriger Stimme sagte ich: „Meike, Benny ist weg. Er ist mir ausgebüxt." „Ja, ich weiß", antwortete sie zu meiner Überraschung, „ich habe soeben eine Meldung erhalten. Er wurde in Weißenthurm auf der Hauptstraße gesichtet, ließ sich aber nicht einfangen."

Weißenthurm – Hauptstraße! Der Super-GAU! Eine stark frequentierte Straße. Parallel dazu verläuft die linksrheinische Eisenbahntrasse, eine der meistbefahrenen Eisenbahnstrecken Deutschlands. Unverzüglich lenkte ich meinen Kombi dorthin, wo Benny zuletzt gesehen wurde. Während der Fahrt rief ich meine Frau an und schilderte ihr kleinlaut die bisherigen Ereignisse. Sie setzte sich sofort in ihr Auto und fuhr ebenfalls in diese Richtung. Unser Sohn, der uns an diesem Wochenende besuchte, stieg auf sein Fahrrad und inspizierte auf diese Weise alle möglichen Winkel in Weißenthurm.

In Weißenthurm traf ich meine Frau. Wir legten fest, wer wo suchen sollte. Egal, wo wir fuhren und wo wir schauten, Benny war nicht zu entdecken. Ich machte mir Riesenvorwürfe. Obwohl ich ja schon einige Jahre hinter mich gebracht habe und mein Leben sicherlich nicht ereignislos verlaufen ist, könnte dies einer der schwärzesten Tage meines Lebens werden. Nun irrte dieser kleine Wicht bei brütender Hitze über Bundesstraßen und Eisenbahnstrecken. Es war der blanke Horror.

Eine gefühlte Ewigkeit lang durchforsteten wir den Ort. Plötzlich klingelte mein Handy. Meike rief an: „Benny wurde in Andernach in der Nähe des Freibades gesichtet." Freude und Angst überkamen mich gleichermaßen.

Ich unterrichtete meine Frau und unseren Sohn. Wir besprachen die Lage. Ich war der Meinung: Wenn der kleine Vagabund es schon bis zum Freibad geschafft hat, ist er auf dem Weg nach Hause. Die Richtung stimmt schon mal. Also bat ich meine Frau, nach Hause zu fahren und auf die ersehnte Ankunft von Benny zu warten. Unser Sohn war auch auf dem Weg dorthin. Ich fuhr, möglicherweise etwas schneller als erlaubt, zum Schwimmbad. Vor dem Eingang traf ich eine junge Frau, die einen kleinen Hund an der Leine führte.

Nachdem ich ihr erklärt hatte, dass ich auf der Suche nach meinem Ausreißer bin, zeigte sie mir voller Stolz ein Bild, das sie mit ihrem Handy aufgenommen hatte: „Ist das Ihr Hund?" Volltreffer!

Das war Benny. „Er lief hier umher, ließ sich von mir aber nicht anfassen oder gar einfangen. Ich habe ihn fotografiert und das Bild bei Facebook eingestellt. Wahrscheinlich läuft jetzt bereits eine Riesensuchaktion. Ihr Hund rannte in diese Richtung."

Die Richtung, die sie anzeigte, löste bei mir leichte Atembeschwerden, die in Richtung Schnappatmung tendierten, aus. Unser Haus lag entgegengesetzt. Dort, wo die Dame hinzeigte, lagen die alte Bundesstraße 9 und die genannte Bahntrasse. Verdammt! Nachdem ich mich kurz bei der jungen Frau bedankt hatte, raste ich los.

Da mein Fahrzeug geländegängig ist, fuhr ich kreuz und quer über die holprigsten Feldwege, die mein Auto jemals unter seinen Reifen hatte. Von unserem Ausreißer war nichts zu sehen. Die Mittagssonne brannte unbarmherzig. Das arme Kerlchen. Wenn es nicht von der Eisenbahn zermalmt oder von einem Auto überrollt würde, müsste es verdursten. Ebenso verzweifelt wie ratlos brach ich die Suche vorerst ab und fuhr nach Hause.

Der Vermisste war natürlich noch nicht eingetroffen.

Ich setzte mich auf meine Vespa. Damit konnte ich auch die engsten Gässchen und Hinterhöfe durchfahren. Ich raste wie ein Irrer hin und her. Tausende Gedanken, und es war kein einziger schöner dabei, machten sich in meinem Kopf breit. Du Blödmann, wie konntest du nur? Dieser kleine Bursche liegt jetzt irgendwo verletzt am Straßenrand und verblutet oder verdurstet und du Dummdödel trägst die Schuld! Welch eine Katastrophe! Die Ungewissheit über den Verbleib unseres kleinen Strolches war kaum zu ertragen.

In meiner Hosentasche vibrierte mein Handy. Ich hielt an, stellte die Vespa ab und ergriff das Telefon. Auf dem Display las ich „Tierheim Andernach". In dieser Sekunde schwirrten die wildesten Gedanken in meinem Hirn. Meike war am Telefon: „Dein Benny sitzt hier putzmunter neben mir!" Im ersten Augenblick war ich sprachlos. Was für eine Nachricht! Unfassbar!

Ich war vor lauter Glück dermaßen von der Rolle, dass ich überhaupt nicht nach dem Warum, Weshalb, Wieso fragen konnte. Ich rief nur noch: „Ich komme sofort!", und fuhr mit dem Roller nach Hause. Mit tränenerstickter Stimme stammelte ich meiner Frau die gute Nachricht entgegen und setzte mich ins Auto.

Durch die Eingangstür stürzte ich ins Tierheim. Dort hockte Benny artig neben Meike an der Rezeption. Riesenfreude bei allen! Ich hob Benny hoch und drückte ihn, wie damals meinen ersten Teddybären, den ich als Kleinkind zu Weihnachten bekommen hatte. Benny wehrte sich nicht. Er startete das Gesicht-Vollwaschprogramm.

Meike berichtete mir, dass Passanten Benny in unmittelbarer Nähe des Tierheims fanden. Sie hatten ihn tatsächlich über den Facebook-Aufruf erkannt. Da er sich von ihnen nicht anfassen ließ, lief einer von ihnen sofort die wenigen Meter hinüber zum Tierheim. Meike spurtete dann sofort zu ihm. Der kleine Ausreißer, der Meike ja ins Herz geschlossen hatte, ließ sich von ihr gerne aufnehmen. Im Tierheim angekommen, konnte der Wassernapf für ihn nicht groß genug sein.

Welch eine Geschichte! Den Stallgeruch des Tierheims, seiner Geburtsstätte, hatte Benny von dem kilometerweit entfernten Freibad lokalisiert und rannte dorthin. Es grenzt an ein Wunder, dass er Eisenbahn und Bundesstraßen schadlos überqueren konnte. Über die tropischen Temperaturen, denen er mehrere Stunden ohne Flüssigkeitsaufnahme ausgesetzt war, darf man nicht weiter nachdenken.

Wieder zu Hause angekommen, nahmen die Begrüßungsorgien kein Ende. Zuerst schloss meine Frau ihn schluchzend in ihre Arme. Dann wurde er ganz herzlich von Luise und Flöckchen begrüßt. Sie merkten schon, dass irgendetwas anders war als sonst. Schließlich war das Herrchen ja zwischenzeitlich ohne Benny hier aufgetaucht. Wo mag der Bengel wohl gewesen sein? Ich vermute, Benny hat den beiden dies in epischer Breite erzählt, denn an diesem Nachmittag ließen sie sich nicht mehr aus den Augen.

23. Flöckchen ist weg

Ich bewege mich ja nun bereits in einem Alter, in dem man auch schon einmal ungestraft etwas vergessen darf. Sollte sich irgendwann einmal die widerliche Demenz in meinem Hirn breitmachen und sich mit ihren unerbittlichen Krallen dort festklammern, bin ich mir trotzdem vollkommen sicher, dass sie es nicht schaffen wird, diesen Sommer aus meinem Gedächtnis zu radieren.

Wir hatten uns noch nicht richtig von dem Ausflug unseres kleinen Stromers erholt, da schlug das Schicksal erneut gnadenlos zu.

Die Woche nach Bennys Städtereise war eine der heißesten, seit es in Deutschland entsprechende Aufzeichnungen gibt. In den Nachrichten überschlugen sich die Meldungen über neue Hitzerekorde. Dieser Sommer war für Mensch und Tier eine besondere Herausforderung. Die Nächte kühlten kaum noch ab.

In aller Frühe hatten wir unser Haus durchlüftet, um zumindest noch einen Hauch nicht ganz so warmer Luft zu erhaschen. Alle Türen und Fenster standen für kurze Zeit sperrangelweit offen.

Wir beobachteten, wie unsere Nachbarn ihr Auto vollluden und in den Urlaub starteten. Als wir ihnen zuwinkten, bedauerten wir sie innerlich. Bei dieser Hitze im Stau auf der Autobahn zu stehen, ist sicher nicht besonders prickelnd. Die Fenster und Türen wurden wieder geschlossen. Die Rollläden verdunkelten alle Räume.

Wo ist Flöckchen?

Flöckchen ist eine reine Wohnungskatze. Selbst geöffnete Fenster oder Türen animieren sie nicht, ihre Pfötchen davor zu setzen. Eine Ausnahme bildet lediglich die Terrasse mit der angrenzenden kleinen Wiese. Das ist ihr Außenrevier. Wenn Sie so wollen: ihre große weite Welt. Der Gartenzaun gewährt dem zarten Wesen keinen Durchschlupf.

Niemand kennt sich in unserem Haus besser aus als Flöckchen. Die Anzahl ihrer Verstecke ist grenzenlos. Unser Schnurrer ist Meisterin des Versteckspielens. Ich vermute, sie war in einem früheren Leben einmal Verkäuferin in einem Baumarkt. Nun ging es mal wieder daran, diese Verstecke systematisch abzuarbeiten.

Wegen der brutal heißen Tage hatten wir für unseren Schmuseperser ein Kissen im Weinkeller deponiert. Hier verbrachte sie tagsüber die meiste Zeit und genoss sichtlich die angenehme Kühle. Das Kissen war leer. Schuhschrank, Wäscheschrank, Kleiderschrank und alle weiteren Unterschlüpfe wurden unter Beteiligung von Benny und Luise mit Sorgfalt abgesucht. Kein Ergebnis! Beziehungsweise das Ergebnis war gleich null.

Als wir sicher waren, dass Flöckchen nicht im Haus sein konnte, starteten wir Expeditionen in unsere Nachbarschaft. Spürhund Luise suchte gemeinsam mit meiner Frau den einen Bereich und ich erforschte zusammen mit unserem Nasenmops den anderen. Bei der Suche ertönte unzählige Male der Lockruf: „Flöckchen, miez, miez, miez!" Es wurde an jedes Garagentor geklopft. Gelegentlich kam ich mir vor wie ein Spanner, der unerlaubt durch Nachbars Garten schleicht. Der Radius unserer Suche wurde immer weiter ausgedehnt. Unsere Wohnungskatze blieb wie vom Erdboden verschluckt. Die Sonne brannte unbarmherzig. Die Hitze wurde unerträglich.

Am frühen Nachmittag rief ich im Tierheim an. Von dort wurde unverzüglich ein Facebook-Aufruf initiiert. Danach machte ich Meldung beim Deutschen Tierschutzbund. Flöckchen trägt einen Chip, der dort registriert ist.

Mithilfe des Tierschutzbundes konnte ich Suchplakate konfigurieren. Diese Suchmeldungen mit einem Foto der Vermissten druckte ich aus, kuvertierte sie und verteilte die Umschläge in allen Briefkästen unserer Umgebung.

Flöckchen ist eine sehr auffällige Katze. Einen polarweißen Perser sieht man nicht alle Tage im Garten umherstreifen. Wenn Flöckchen in unserer Nachbarschaft erblickt würde, wäre eine Verwechslung kaum möglich.

Unsere Ausreißerin blieb verschwunden. Am Tage ihres Verschwindens saßen wir bis tief in die Nacht auf der Terrasse, riefen in regelmäßigen Abständen: „Flöckchen, miez, miez, miez!", und hofften auf irgendeine Reaktion.

Am nächsten Tag inspizierten wird erneut unsere nähere Umgebung. Zwecklos! Wenn Flöckchen sich in der Nachbarschaft, warum auch immer, verlaufen hätte, hätte man sie längst entdeckt. Aus diesem Grund stand für mich fest: Jemand hat unsere Katze mitgenommen. Die quälende Ungewissheit über den Verbleib von Flöckchen, verbunden mit der herrschenden unerbittlichen Hitze, die dem Kätzchen zum Verhängnis werden könnte, war kaum zu ertragen.

Flöckchen und deren Verschwinden waren mittlerweile Stadtgespräch. Wo ich auch hinkam, wurde ich darauf angesprochen. In dieser Beziehung haben die neuen Medien eine Strahlkraft, die ich bis dahin nicht vermutet hätte.

Gleichwohl blieb unser Schmuseperser spurlos verschwunden. Flöckchen ist kein robuster Straßenkater, der sich auch mal eine Weile in der Fremde durchschlagen könnte. Unsere Prinzessin ist ein zartes, altes Mädchen, das noch nie einen Schmetterling oder Käfer, geschweige denn, eine Maus erbeutet hat. Obwohl meine Frau unserem Langhaarperser einen Sommerschnitt verpasst hatte, war das Fell angesichts der vorherrschenden Hochofentemperaturen ein Riesenhandicap.

Benny und Luise war die ganze Sache nicht geheuer. Die Katze war immer da, wenn die beiden nach Hause kamen. Alle drei suchten gegenseitigen Kontakt. Nun war das Trio gesprengt. Die verbliebenen zwei unternahmen im Haus verschiedene Suchaktionen, die selbstverständlich erfolglos blieben.

Es war fürchterlich. Die Ungewissheit quälte uns. Seit nunmehr sechs Tagen hofften wir vergebens auf irgendein Zeichen von Flöckchen.

Wir saßen auf unserer Terrasse und schauten hinüber zu unseren Nachbarn. Sie kehrten soeben aus ihrem Urlaub zurück. Wie schnell doch die Zeit vergeht! Unser Nachbar winkte zu uns herüber und rief: „Eure Katze sitzt hier in meiner Garage. Sie lässt sich nicht anfassen." So schnell habe ich meine Frau noch nie rennen sehen. Mit Tränen in den Augen und Flöckchen auf dem Arm kam sie zurück. Auf den ersten Blick war das Tier unversehrt. Wir setzten das arme Kätzchen vor den Wassernapf. Es dauerte unendlich lange, bis sie augenscheinlich genug getrunken hatte. Anschließend wurde sie eingehend untersucht und dann, trotz der Hitze, herzhaft gedrückt.

Es versteht sich von selbst, dass Flöckchen von Benny und Luise liebevoll und herzlichst begrüßt sowie ausführlich beschnuppert wurde. Sie stank fürchterlich. Hier war jetzt „Waschen – Schneiden – Föhnen" angesagt. Dies übernahm meine Frau mit tausend Freuden.

Es grenzt an ein Wunder, dass die Katze bei dieser Hitze ohne Wasser eine Woche in der Garage unserer Nachbarn verbringen konnte. Bis heute können wir das nicht fassen. Fachleute, die wir darauf ansprachen, schüttelten ausnahmslos den Kopf und meinten, das sei unmöglich.

Wie dem auch sei. Flöckchen hat es überstanden und verwöhnt uns weiterhin mit ihren Schmuse- und Schnurreinheiten.

24. Wandertag

Das Wandern ist nicht nur des Müllers, sondern auch Bennys Lust. Nachdem „minge joote Jung" zwei Jahre alt geworden war, machten und machen wir bis heute regelmäßig Wanderungen. Die Eifel, der Westerwald, der Hunsrück und der Taunus liegen sprichwörtlich um die Ecke. Die Fülle der uns zur Verfügung stehenden Wanderwege ist schier unerschöpflich.

Unsere Exkursionen sind in aller Regel Rundwanderwege. Die Strecken variieren je nach Höhenprofil ganz grob zwischen zehn und zwanzig Kilometer. Ich achte darauf, Asphaltwege möglichst zu vermeiden. Zumindest im Sommer, sollten hin und wieder Bäche unsere Wegbegleiter sein. Oft dienen in der warmen Jahreszeit Teiche oder Seen als Rastplatz. Ideal ist es, wenn an dem Start- und Zielpunkt eine Einkehrmöglichkeit geboten wird.

Mittlerweile sind diese Wandertage bereits eine Art Ritual. Egal, in welcher Ecke unseres Hauses sich unser kleiner Wandersmann aufhält: Wenn ich im Schlafzimmer die Trekkinghose anziehe, kommt er angerast. Dann gibt es kein Halten mehr. Er beschnuppert die Hose und springt freudig an mir hoch. Ab sofort habe ich dann einen unerbittlichen Begleiter.

Nun wird der rote Rucksack gepackt. Jeder Handgriff wird von zwei großen Nasenmopsaugen beobachtet. Jonny Controlletti prüft gewissenhaft, ob auch genügend Leckerlis verstaut und insbesondere seine Lieblingskaustäbchen nicht vergessen werden. Wenn noch sein Hundefutter, die Wasserflasche und der faltbare Wassernapf verstaut sind und auch das Butterbrot fürs Herrchen eingepackt ist, kann es losgehen.

Wir fahren zu unserem Ziel und drehen die geplante Runde. Falls es die Situation erfordert, wird schon mal ein Baum geschubst oder eine kurze Slalomeinheit eingestreut. Auf halber Strecke legen wir eine Ess- und Trinkpause ein. „Minge joote Jung" genießt das sichtlich.

Immer wieder staune ich über die ungeheuren Kräfte, die in diesem kleinen Kerlchen schlummern. Ich erinnere mich an eine Wanderung im Westerwald. Wir hatten eine extrem giftige, steile Passage hinter uns gebracht. Oben angekommen, setzte ich mich schweißgebadet und außer Puste auf eine Bank. Vor uns breitete sich eine große, in allen erdenklichen Farben blühende Frühlingswiese aus. Ich genoss die Erholungspause und Benny erlebte mal wieder „sing jecke Minutte".

Wie ich es bereits an anderer Stelle beschrieben hatte, rannte er in einem Affentempo über die Wiese, kreuz und quer. Die vorhin überwundene steile Passage war spurlos an ihm vorübergegangen.

Nach Abschluss der Wanderung erfolgt dann, wie es sich für eine ordentliche Wanderung gehört, die Einkehr in einem Gasthof. Zu Hause wieder angekommen, werden wir selbstverständlich von Luise und Flöckchen freudig empfangen. Benny hat dann einiges zu erzählen.

25. Hunde-Uni

Bennys erste Übungen, wie „Sitz", „Hier" und „Steh", gehören quasi in den Bereich der Grundschule. Zur weiterführenden Schule sind dann Befehle wie „Acht", „Schubs" und „Slalom" zu zählen. Das „Aufräumen" wäre bereits eine Abiturarbeit. Das hatte der kleine Streber bereits alles hinter sich. Jetzt erwartete ihn die Universität. Mein gelehriger Halbmops musste im nächsten Schritt Farben unterscheiden.

Wenn man den Biologen Glauben schenken darf, nehmen Hunde Farben anders wahr als wir Menschen. Dem Hundeauge fehlt eine Art Sinneszelle für die Farbe Rot. Rot und dessen Mischfarben sehen sie eher als Grautöne. Dennoch lassen sich Farbübungen trainieren, man muss sich nur im Klaren sein, dass die Wahrnehmung des Hundes eine andere ist.

Dieses Buch will nur eine Tiergeschichte erzählen. Es erhebt nicht den Anspruch, ein Lehrbuch für Hundetrainer sein. Aus diesem Grund schildere ich lediglich die Grundzüge dieser Übung und verzichte auf tiefergehende Details, da dies den Rahmen der Erzählung sprengen würde.

Die Basis dieser Aufgabe ist ein sogenanntes Targettraining. Vereinfacht ausgedrückt, lernt der Hund, mit der Nase ein bestimmtes Ziel (= Target) zu berühren. Wenn das geschafft ist, kommt die Farbe ins Spiel. Ich begann mit einem gelben Stück Pappkarton, das ich auf den Teppich legte. Den Befehl „Nase" hatte mein Student beim Targettraining bereits gelernt. Nun wurde das Kommando auf „Nase-Gelb" erweitert. Als diese Übung saß, wurde mit einem blauen Karton „Nase-Blau" einstudiert. Im nächsten Schritt legte ich dann beide Karten auf den Teppich. Benny lernte je nach Befehl, seine Nase auf die blaue oder die gelbe Karte zu drücken.

Was hier in wenigen Zeilen zu lesen ist, erstreckte sich über viele Wochen und unzählige Trainingseinheiten. Die Arbeit hatte sich gelohnt. Benny kann nun die beiden Farben Gelb und Blau unterscheiden. Rot steht noch auf seinem Stundenplan.

Wenn uns Freunde oder Familienangehörige besuchen, bestehen sie selbstverständlich auf einer Varieté-Vorführung. Benny muss dann sein komplettes Programm zum Besten geben. Wobei „muss" der völlig falsche Ausdruck ist: Er möchte unbedingt zeigen, was er so alles drauf hat.

Je länger es dauert, bis er endlich loslegen darf, desto unruhiger wird der kleine Künstler. Ich habe den Eindruck, dass er wesentlich konzentrierter zur Sache geht, wenn er seine Übungen vor einem Publikum zeigen darf. Ist es dann endlich so weit, zieht er hochmotiviert das volle Programm ohne Pause durch. Gelegentlich zeigt er sich auch übermotiviert. Dann kommt es vor, dass er während des Slalomlaufes kurz zur Wand eilt, diese kräftig schubst und im Anschluss daran den Slalom fortsetzt.

Als Conférencier solcher Vorstellungen kann ich dann stolz verkünden: „Meine Freunde, ihr wart soeben Zeu-

gen einer Welturaufführung: Slalom mit eingesprunge-
nem Schubs."

Wir haben auch schon erlebt, dass er, bevor er auftragsgemäß ein Spielzeug zur Kiste brachte, auf dem Weg dorthin, mit dem Spielzeug in seinem Fang, noch schnell eine
„Acht" zwischen meinen Beinen hindurch einstreute.

Ich habe festgestellt, dass unser Fernsehgerät, seit Benny in unser Leben knallte, nur noch eine untergeordnete
Rolle in unserem Unterhaltungsangebot spielt.

26. Advent, Advent

Hunde sind wie Kinder. Zumindest ist dies in unserer Familie so.

Selbstverständlich hatte der Weihnachtsmann es nie versäumt, zu Beginn der Adventszeit einen Adventskalender für unseren Sohn vorbeizubringen. Pünktlich zum ersten Advent hing das Prunkstück an seinem angestammten Platz im Wohnzimmer und erfreute das Kinderherz.

Ebenso selbstverständlich war es aber auch, dass unsere Hunde sich in der Vorweihnachtszeit über einen mit Leckerlis bestückten Adventskalender freuen durften. Mit einem sanften Hauch von Wehmut erinnere ich mich gerne an den von uns unvergessenen Airedale Terrier Bommel, der bereits erwartungsfroh vor dem Kalender hockte, wenn ich morgens schlaftrunken das Wohnzimmer betrat. Oder unser bildhübscher Husky Boris. Boris war so ungeduldig, dass er in aller Frühe an mein Bett kam und durch andauerndes Bellen zu verstehen gab, dass die Nacht nun vorbei war. Nachdem es ihm gelungen war, mich aus meinem kuscheligen Bett zu bellen, rannte er schwanzwedelnd in unser Wohnzimmer und schaute fordernd hinauf zu seinem Adventskalender.

Diese, wie ich finde, schöne vorweihnachtliche Familientradition wurde und wird, das versteht sich von selbst, auch mit „mingem joote Jung" fortgeführt. Ich fand vor einigen

Jahren, als Benny noch gar nicht unser Leben bereicherte, einen Adventskalender für Hunde. Auf dem Bild sind Möpse zu bestaunen, die als Weihnachtsmänner verkleidet mit Geschenkpäckchen auf ihren Rücken durch tiefen Schnee stapfen. Man kann durchaus über die Sinnhaftigkeit dieser Darstellung geteilter Meinung sein. Mir jedenfalls gefiel das Motiv. Auch heute noch entlockt die weihnachtliche Mopskarawane mir beim Betrachten ein leichtes Schmunzeln. Dieser Kalender wird jetzt regelmäßig unseren gottlob nicht ganz reinrassigen kleinen Mops durch die Adventszeit begleiten. Der Kalender wird mit Bennys Lieblingsleckerlis bestückt und hängt, wie es sich gehört, am 1. Dezember dort, wo bereits Bommel, Boris und andere Vorgänger unseres Nasenmopses sehnsuchtsvoll zur Wand starrten.

Es ist vollkommen gleichgültig, an welcher Stelle unseres Hauses sich Benny in diesem Augenblick aufhält. Sobald ich nach dem Frühstück „Advent, Advent!" rufe, kommt der Wicht angeschossen und positioniert sich sichtlich aufgeregt vor seinem „Mops-Adventskalender". Von Bennys Vorgängern hatte ich nie eine Gegenleistung bei der Übergabe des Kalenderinhalts gefordert.

Bei meinem hochbegabten kleinen Schlaumeier ist dies allerdings anders. Bevor Benny den verführerischen Inhalt genießen darf, frage ich: „Benny, was kannst du?" In der Regel schubst er, weil er ja ohnehin bereits dort steht, die Wand. Es kommt aber auch vor, dass er ein Spielzeug, das irgendwo im Wohnzimmer liegt, aufnimmt und in die Kiste befördert. Dann geht's aber rasch wieder zurück zur Wand.

Die geschilderte adventliche Familientradition wurde in der Vergangenheit erst ein einziges Mal unterbrochen. Der

Grund für diese Unterbrechung hatte auch einen Namen: Luise! Natürlich hatte der Weihnachtsmann pünktlich zum ersten Advent für die damals noch blutjunge Luise einen hübschen Adventskalender gebracht. Und selbstverständlich war dieser mit duftendem Hundenaschzeug gefüllt. Was ich auch anstellte und wie ich es auch versuchte: Luise sah nicht den geringsten Grund, ihren Kopf auch nur andeutungsweise in die Richtung des Kalenders zu drehen. Sie war schlichtweg nicht willens oder einfach nicht fähig, eine Verknüpfung zwischen dem Leckerli und dem Adventskalender herzustellen. Ähnliche Erfahrungen machte ich später ja auch im Zusammenhang mit Bennys Hütchenspiel.

Während der Zeit der Einzelregentschaft von Queen-Mum-Luise mussten wir während der Vorweihnachtszeit ohne die täglichen Törchen-Öffnungsrituale unter Hundebeobachtung leben. Aus diesem Grund war ich heilfroh, dass Benny in unser Leben knallte und mir die Gelegenheit bot, diese lieb gewonnene Tradition wieder neu aufleben zu lassen.

27. Eine vorläufige Schlussbemerkung

Ob Promenadenmischung oder Edelrasse, ob groß oder klein – jeder Hund ist etwas ganz Besonderes und Einzigartiges. Ein Hundehalter, der sich intensiv mit seinem Tier befasst, wird dies sehr rasch erkennen. Nun gilt es die Stärken des Vierbeiners hervorzuheben und seine Schwächen abzubauen. Dies ist eine gleichermaßen anspruchsvolle wie reizvolle Aufgabe.

Nicht anders ist es auch bei Benny. In einer ruhigen Stunde ließ ich meine bisherigen Erlebnisse mit dem putzigen Kerlchen Revue passieren und entschloss mich, dieses Buch zu schreiben.

Das Buch werde ich unserem kleinen Wunderkind zu dessen dritten Geburtstag schenken. Ich weiß, Benny kann noch nicht lesen. Aber wir arbeiten daran. Wie sagt man in Bayern doch so schön: „Schau'n mer mal!" Übrigens: Im Alter von drei Jahren konnte ich auch noch nicht lesen.

Volker Simon Haymann

Der Autor

Der 1952 geborene Volker Simon Haymann lebt seit seiner Geburt in Andernach im nördlichen Rheinland-Pfalz.
Nach Abschluss des Steuerberaterexamens gründete er bereits im Alter von 24 Jahren eine Steuerberatungs- und Wirtschaftsprüfungskanzlei, die er 32 Jahre erfolgreich betrieben hat. Außerdem war er als Dozent für deutsches Steuerrecht tätig.

Mit Eintritt in den Ruhestand übernahm er im Vorstand des Andernacher Tierschutzvereins das Amt des Schatzmeisters – neben seinen Aktivitäten im Finanzwesen sind nämlich Tiere, vor allem Hunde, ein wichtiger Teil seines Lebens. Es war der kleine Halbmops Benny, der ihn schließlich dazu veranlasste, seine Erlebnisse und Erfahrungen mit Vierbeinern niederzuschreiben – und andere damit zu unterhalten und über das Leben mit Hund zu informieren: „Benny, unser Nasenmops" ist das erste Werk des Autors.

Der Vater eines Sohnes unternimmt außerdem gerne Wanderungen, interessiert sich für Musik und ist seit vielen Jahren treues Mitglied eines Münchener Fußballclubs.